KnieFall

Jürgen Edelmayer

KnieFall

Dieser Roman spielt in Wiesbaden und Umgebung. Namen, Personen und Handlung sind frei erfunden. Etwaige Ähnlichkeiten sind daher rein zufällig und keinesfalls beabsichtigt.

Bibliografische Information der Deutschen Nationalbibliothek: Die Deutsche Nationalbibliothek verzeichnet diese Publikation in der Deutschen Nationalbiografie; detaillierte bibliografische Angaben sind im Internet über http://dnb.dnb.-de/abrufbar.

© 2021, Jürgen Edelmayer
KnieFall
Neubearbeitung 1. Auflage Juli 2021
Herstellung und Verlag:
BoD – Books on Demand, Norderstedt
ISBN: 978–3–7543–1554–5
Umschlagbild: Jürgen Edelmayer

Gewidmet Anne-Rose

– wem sonst?

Kapitel 1

Kein Zweifel, der Mann hatte Durst. Dicke Schweißtropfen perlten auf der Stirn von Oswald Blabber, der mir seit drei Minuten gegenübersaß. Ich bot ihm ein Mineralwasser an, und der knapp fünfzigjährige, runde Mann stürzte es gierig in einem Zug runter. Er nickte dankbar, als ich ihm nachschenkte und kippte auch den Inhalt des zweiten Glases weg, ohne abzusetzen. Ich holte eine neue Flasche und stellte sie Blabber mit generöser Geste vor die Nase. Insgeheim hoffte ich aber, dass er die nicht ebenso schnell leersoff, denn mein Wasserkasten war jetzt leer.

Heute war der bisher heißeste Tag in diesem Supersommer. Wiesbaden schwitzte in seinem von den Ausläufern des Taunus umgebenen Kessel, und die Sonne brannte gnadenlos auf die großen Fensterscheiben meiner Dachwohnung. Die Hitze ließ die Raumtemperatur locker die Dreißiggradmarke überspringen, dabei war es erst elf Uhr vormittags.

Der kleine Tischventilator gab sicher sein Bestes. Ich hatte ihn auf höchste Stufe gestellt, aber sein Wirkungsbereich endete leider ungefähr fünf Zentimeter hinter dem Schutzgitter. Auch hatte er bei hoher Umdrehungszahl die Angewohnheit, ständig umzukippen, denn sein Standfuß war nicht stabil genug. Also war ich alle paar Sekunden damit beschäftigt, den Luftquirl wieder aufzurichten, den meine Mutter mir als Gratisgeschenk von einer ihrer Butterfahrten mitgebracht hatte.

Wie in jedem anständigen Detektivbüro gab es hier zwar noch einen gigantischen Deckenventilator mit riesigen Flügeln, aber der war schon kaputt, als ich in die Wohnung eingezogen bin. Auf den Rotorblättern lag eine mehrere Zentimeter dicke Staubschicht, in der die Schmeißfliegen versanken, kaum dass sie sich darauf niedergelassen hatten. So ersparte ich mir zwar den Anblick toter Fliegen auf Klebebändern (die ich als Vegetarier sowieso nicht benutzen würde), aber schöner war das, was über Blabbers und meinem Kopf zu sehen war, deshalb noch lange nicht. Ich hoffte, dass mein Klient nicht zur Decke schauen würde, aber genau das tat Oswald Blabber in diesem Moment, denn er war meinem Blick gefolgt. Angewidert schob er das Glas von sich und lehnte sich zurück.

Etwas Feuchtwarmes fuhr in regelmäßigen Abständen über meine Fußzehen, die vorne aus meinen Sandalen herausragten.

Fatzo, Blabbers gut fünfzig Kilogramm schwerer Rottweilermischling, schlabberte die Zehen mit seiner Zunge ab und unterband meinen vorsichtigen Versuch, das Bein zurückzuziehen, indem er seine Pranke auf meinen Fußrücken legte und ein unwirsches Grunzen von sich gab.

Ich einigte mich mit dem Köter darauf, ihm meinen Fuß zu überlassen, wenn er dafür meine Knie in Ruhe ließ. Es war eine einseitige Abmachung und es war mehr als fraglich, ob ich auf ihrer Einhaltung bestehen würde. Wahrscheinlich eher nicht, obwohl ich meine Beine noch heute unbeschadet für Werbeaufnahmen in Sigrids Fotostudio in Taunusstein zu präsentieren hatte. Als Teilkörpermodell war ich auf die Makellosigkeit meiner Knie mindestens ebenso angewiesen wie auf den Job als unerschrockener Privatdetektiv, den Blabber mir in Aussicht stellte.

Meine Unerschrockenheit reichte allerdings gerade mal zu einem flehentlichen: „Bitte nicht!", als Fatzos Krallen über meine Kniescheiben fuhren und dort ein paar blutigrote Striemen hinterließen.

Blabber reagierte immerhin, wenn auch spät, und zerrte Fatzo von mir weg. Der Rottweilermischling schüttelte sich und plumpste so hart neben Blabbers Stuhl, dass der Boden zitterte.

Ich schickte dem Monstrum einen wütenden Blick hinterher und widmete mich wieder meinem Klienten. Der fingerte gerade eine Zigarette aus der Brusttasche seines verschwitzten Hemdes und hielt den Giftstängel unentschlossen in der rechten Hand.

„Haben Sie etwas dagegen ..."

„Habe ich", erwiderte ich schroff. Erstens war es mir unbegreiflich, wie man bei dieser Hitze rauchen konnte, und zweitens war ich immer noch sauer darüber, dass Fatzo mir die Knie zerschrammt hatte. Dafür würde Blabber bluten müssen, aber anders als ich, nämlich in bar, sobald es darum ging, die Honorarfrage zu klären.

Privatdetektiv, das hört sich entweder nach Freiheit und Abenteuer oder nach miesen kleinen Schnüfflerjobs an, je nachdem von welchem Ende der Karriereleiter man das betrachten will. Ich habe noch nicht einmal eine Lizenz und deswegen inseriere ich auch nicht unter dieser Berufsbezeichnung. Die Leute, die zu mir kommen und auf die mit meinem Namen, Tim Strecker, beschriftete Türklingel drücken, haben in der Regel auf folgende Kleinanzeige geantwortet: *info-hunt. Arbeiten aller Art. Diskretion Ehrensache!* Darunter dann die E-Mail Adresse, die ich bei einer dieser sogenannten Kommunikationsplattformen eingerichtet habe. Das mit der Ehrensache zieht bei Typen wie Blabber anscheinend gut.

Damals, als ich innerhalb weniger Stunden Job, Frau und Wohnung verloren hatte und nicht wusste, was ich nun mit mir anfangen sollte, also etwa zwei Wochen bevor Oswald Blabber mich aufsuchte, hatte mich ein Kumpel auf die Idee mit der Anzeige gebracht. Bezeichnenderweise habe ich den Kerl seither nicht mehr wiedergesehen. Allerdings fielen für einen Vierundvierzigjährigen wie mich die Jobs nicht gerade haufenweise vom Himmel. Zumal ich über keine abgeschlossene Berufsausbildung verfügte.

Wer als Klient zu mir kommt, ist in der Regel mein Hauptverdächtiger. Welcher normale Mensch würde schon die in meiner Anzeige offerierten Dienste in Anspruch nehmen, wenn er andere Möglichkeiten hätte? Zur Polizei gehen, zum Beispiel, oder sich an eine richtige Privatdetektei wenden. Eine mit Lizenz, guten Kontakten zu den Bullen und was sonst noch so dazugehört. Die Antwort lautet ganz einfach:

Weil meine Klienten selbst Dreck am Stecken haben. So ist das.

Ich betrachtete den mir gegenüber schwitzenden Blabber und fragte mich, wann er wohl mit seinem wirklichen Problem herausrücken würde. Bis jetzt jedenfalls schien mir das, was er von sich gegeben hatte, den Besuch bei mir nicht zu rechtfertigen.

Nachdem Blabber die Fluppe seufzend wieder weggesteckt hatte, versuchte ich eine geschäftsmäßige Miene aufzusetzen und beugte mich nach vorn.

„Ich fasse jetzt einmal zusammen, Herr Blabber. Sie sind der Marktleiter dieses großen Supermarktes an der Mainzer Straße, Kaufdas mit Namen."

„Ganz recht, Herr Strecker."

„Sie verdächtigen Ihren Lagerarbeiter Freddy Kissler der Unterschlagung, sowohl von Waren als auch von Bargeld, und Sie möchten, dass ich ihn überführe."

Blabber nickte schnell und heftig. „Wir reden hier nicht nur über Butter und Käse", sagte er und beugte sich nach vorn, um seinen Worten mehr Gewicht zu verleihen.

Noch einen Zentimeter weiter und er kippt vom Stuhl, dachte ich.

„Bei Kaufdas führen wir auch ein umfangreiches Sortiment an Kleidung und elektronischen Geräten."

„Aber wie ist es möglich, dass Herr Kissler Geld aus der Kasse entwendet, wenn er im Lager tätig ist?"

Blabber sah mich an, als müsse er mir die Welt erklären.

„Kissler arbeitet hauptsächlich" – er betonte das Wort und sein Kinn ruckte energisch nach unten – „als Lagerarbeiter und hat auch einen entsprechenden Arbeitsvertrag. Wie jedes moderne und kundenorientierte Unternehmen verlangen aber auch wir bei Kaufdas ein gewisses Maß an Flexibilität von unseren Mitarbeitern. Wenn irgendwo Not am Mann ist, springt einer von der anderen Abteilung ein."

Nach ein paar Sekunden Überlegung übersetzte ich mir Blabbers Äußerung so, dass bei Kaufdas permanenter Personalmangel herrschte und daher ständig irgendwer irgendwo *einspringen* musste. Ich zückte meinen Notizblock und schrieb dick das Wort *Kapitalistenschwein* auf eine leere Seite. Dann strich ich es wieder durch, weil ich Schweine gut leiden mag und die armen Tiere nicht beleidigen wollte, aber auch, weil ich Blabbers misstrauischen Blick spürte.

„Wie kommen Sie darauf, dass Freddy Kissler Sie hintergeht? Welche Anhaltspunkte haben Sie dafür?"

„Er muss es sein", antwortete Blabber, lehnte sich zurück und verschränkte die Arme vor seiner Brust, als sei damit alles erklärt.

Ich schaute ihn fragend an und wartete, bis der Marktleiter sich zu weiteren Auskünften bequemte.

„Kissler ist der Einzige von der Belegschaft, der mir ständig Schwierigkeiten macht. Sieht man einmal von den üblichen Problemen mit dem Personal ab, von denen ich hier gar nicht reden will, wie zum Beispiel Krankheit, Unpünktlichkeit und so weiter. Immer wieder droht Kissler, mich bei allen möglichen Behörden zu denunzieren. Ich wüsste wirklich nicht weswegen. Aber wissen Sie, was er zu mir gesagt hat? *Mir ist jedes Mittel recht, wenn ich Ihnen schaden kann!*"

„Hm." Ich war noch nicht überzeugt, aber Blabber schaute jetzt so abweisend drein, dass es momentan wohl keinen Sinn hatte, weiter in ihn zu dringen. Also beschloss ich, mich dem Fall von anderer Seite her zu nähern.

„Eine andere Frage, Herr Blabber, warum sind Sie zu mir gekommen?Ich meine, bei einem konkreten Verdacht hätten Sie doch auch die Polizei informieren können."

„Ich wollte diese leidige Angelegenheit nicht gleich an die ganz große Glocke hängen. Wenn ich eine Strafanzeige stelle, trete ich womöglich eine Lawine mit ungeahnten Konsequenzen los."

Diese Befürchtung schien mir nicht unbegründet zu sein.

„Bliebe für Sie immer noch die Möglichkeit, eine reguläre Detektei zu engagieren", insistierte ich.

„Das habe ich versucht", platzte der Marktleiter heraus. „Wissen Sie, was das kostet?"

Ich senkte schnell den Kopf, damit ich Blabber nicht offen ins Gesicht grinste. Das hätte ich mir gleich denken können. Natürlich, der Mann wollte Geld sparen! Ich kramte wieder meinen Notizblock hervor und setzte ein dickes Ausrufezeichen neben das durchgestrichene *Kapitalistenschwein*. Insgeheim beschloss ich, die Höhe meines Tagessatzes künftig kräftig nach oben zu korrigieren.

Um ehrlich zu sein, Oswald Blabber war mein erster Klient. Ich inserierte ja erst seit knapp zwei Wochen und verfügte bisher über keinerlei Berufserfahrung. Das, was ich vorhin gesagt habe, von wegen meine Klienten hätten in der Regel Dreck am Stecken, war etwas dick aufgetragen, zugegeben. Es entsprang eher meiner eigenen Voreingenommenheit und entbehrte, zumindest zu diesem Zeitpunkt, jeder Grundlage. Dass Blabber ein Pfennigfuchser war und sparte, wo er nur konnte, war ihm hingegen kilometerweit anzusehen. Das brachte mich zu meiner nächsten Frage.

„Hat Herr Kissler irgendwann in letzter Zeit mehr Gehalt von Ihnen verlangt?"

„In letzter Zeit?", blaffte Blabber. „Kissler liegt mir ständig in den Ohren, dass er angeblich zu wenig Geld bekommt."

„Und? Stimmt es?"

„Natürlich nicht." Blabber schaute beleidigt.

„Möglich, dass er versucht, sich anderweitig schadlos zu halten."

Blabber beugte sich zu mir über den Schreibtisch. „Ich glaube, Sie sind auf dem richtigen Weg."

Sein Drängen gefiel mir nicht, aber Blabbers wieder gehobene Stimmung kam mir gelegen, um auf meine Forderungen zu sprechen zu kommen.

„Zweihundert für die ersten drei Tage, heute eingerechnet. Danach erhalten Sie einen Zwischenbericht und können entscheiden, ob Sie mich weiter engagieren wollen."

Zu meiner Überraschung ging Oswald Blabber nicht nur ohne Widerspruch auf meine Forderung ein, er legte sogar noch einen Fünfziger drauf.

„Ich glaube, Sie sind der richtige Mann", sagte er. Seine Gesichtszüge wurden plötzlich weich. „Bitte helfen Sie mir. Ich weiß gute Arbeit zu schätzen. Es soll Ihr Schaden nicht sein." Er sah mich jetzt beinahe flehentlich an. Ich erkannte seinen Gesichtsausdruck als den eines Mannes, der in großen Schwierigkeiten steckte, und schämte mich, so vorschnell und abfällig über ihn geurteilt zu haben. Außerdem wusste ich gutes Geld zu schätzen, besonders, wenn es anscheinend so leicht verdient war wie dieses hier. Ich stopfte die Banknoten in die Schreibtischschublade, und Blabber verabschiedete sich.

Fatzo war offensichtlich froh, aus der heißen Wohnung zu kommen, denn vom Treppenhaus her hörte ich lautes Gepolter, stampfende Schritte und zwischendurch Blabbers mit Flüchen durchsetzte Kommandos.

Ich zog die Schreibtischschublade wieder auf und ließ die Scheine in meiner Hand knistern. Zweihundertfünfzig Euro. Nicht schlecht für ein bisschen Rumschnüffeln. Dann fiel mir wieder ein, dass ich ja heute Nachmittag ein Fotoshooting bei Sigrid hatte, was meine Laune schlagartig dämpfte. Ich begab mich in die Küche, in der gleichzeitig mein Badezimmer, bestehend aus Duschkabine und Rasierspiegel, untergebracht war, und pinselte etwas Jod auf die Striemen, die Fatzo mir beigebracht hatte. Das Ergebnis machte mich mutlos. Ich konnte nur hoffen, dass Sigrid etwas Schminke besaß, mit der sich die Schrammen vertuschen ließen.

Es war spät geworden, und ich musste mich sputen, wenn ich den Bus nach Taunusstein noch erreichen wollte. Vor lauter Eile vergaß ich wieder einmal meinen Hausschlüssel einzustecken. Das war jedoch nicht weiter schlimm, da ich im Außenklo meines Nachbarn im Erdgeschoss einen Ersatzschlüssel deponiert hatte.

Die nächste Haltestelle für die Überland-Busse befand sich um die Ecke in der Emser Straße am Dürerplatz. Der Weg nach Taunusstein war der erste Teil der Strecke, die nach weiteren 45 Kilometern zu jenem Dorf führte, wo ich mit meiner Freundin gelebt hatte.

Während ich im Abgasdunst auf den Bus wartete, erinnerte ich mich an diese gar nicht so lange zurückliegende Zeit, als ich noch zusammen mit meiner Freundin in einem kleinen Dorf wohnte. Das Leben auf dem Land ist wirklich anders als in der Stadt. Im Dorf spionieren einem die Leute nicht hinter halb zugezogenen Gardinen nach, sondern Sie starren einem minutenlang auf offener Straße hinterher, besonders wenn man fremd ist. Wenn man zugereist ist, kann es mitunter Jahre dauern, bis man zurückgegrüßt wird. Das ist in der Stadt nicht so. Hier dauert es manchmal ein ganzes Leben lang.

Als der Bus kam, fläzte ich mich auf eine Sitzbank und vertiefte mich in einen Krimi. Da es mir nicht gelang, meine Aufmerksamkeit dem Buch zu widmen, packte ich es wieder in meinen kleinen Rucksack und griff nach Papier und Kugelschreiber. Auf der obersten Seite meines Notizblocks stand ein durchgestrichenes Wort und daneben ein dickes Ausrufezeichen. Ich klappte das Blatt um und versuchte, mich an das Gespräch mit Oswald Blabber zu erinnern. Zwar hatte ich während der Unterredung mit dem Marktleiter heimlich ein Tonbandgerät mitlaufen lassen, aber dies war nun mal mein erster Fall, und bevor ich losfuhr, hatte ich keine Zeit mehr gehabt, die Aufzeichnung abzuhören. Viel war es sowieso nicht, was ich an verwertbaren Informationen in dem Gespräch zusammengetragen hatte.

Der Bus neigte sich gerade in die Felsenkurve hinter dem Adamstal, und schon hatte ich meine Notizen beendet. Es blieb mir noch genug Zeit zu überlegen, wie ich vorgehen wollte. Nach und nach wurden mir die durch meine Unprofessionalität bedingten Unterlassungssünden bewusst. Ich hatte zum Beispiel keine Ahnung, wie der von Blabber verdächtigte Freddy Kissler überhaupt aussah. Ich hoffte, dass das nicht allzu sehr ins Gewicht fallen würde.

Der Bus bog hinter dem Hahner Ortsschild links ab in Richtung Bleidenstadt. Ich drückte den Halteknopf und stieg an der nächsten Station aus. Mir war eingefallen, dass sich hier, entlang der Aarstraße, mehrere Großmärkte befanden, und da ich nun bis zum Fotoshooting noch etwas Zeit hatte, hielt ich es für eine gute Idee, einen davon zu besuchen und mich mit der Atmosphäre vertraut zu machen. Bisher hatte ich das Einkaufen gern anderen überlassen, wohl auch deshalb hatte ich mir den Unmut meiner Freundin zugezogen. Ich besorgte mir einen Einkaufswagen und nahm einen der im Eingangsbereich ausliegenden Prospekte.

Zuerst fielen mir die an der Decke aufgehängten, großformatigen Schilder auf: *Sie bekommen zwei Euro fünfzig von uns, wenn Sie an unseren Kassen länger als zehn Minuten warten müssen!* Weiter hinten, gegenüber der Käsetheke, stand eine hohe Glasbox auf einem Tischchen, daneben lagen ein mit Kordel am Tisch befestigter Bleistift und ein Stapel Zettel mit dem Aufdruck: *Als Kunde habe ich folgende Verbesserungsvorschläge.*

Ich eierte mit meinem immer noch leeren Einkaufswagen zwischen den hohen Regalen entlang und fühlte mich von dem Warenangebot völlig überfordert. Vor mir kniete eine Frau. Sie war etwa Mitte fünfzig und räumte Dosen in das unterste Regalfach. Als sie mich kommen sah, erhob sie sich mit einem Seufzer, um mir Platz zu machen. Ich schob mit dem Wagen rechts um die nächste Abbiegung und erreichte wieder den Tisch mit der Glasbox. Dort schnappte ich mir einen der Zettel und schrieb: *Sorgt gefälligst für anständige Arbeitsbedingungen eures Personals und zahlt ihnen anständige Gehälter!*

Auf Einkauf hatte ich keine Lust mehr. Ich ließ meinen Wagen neben der Glasbox stehen und begab mich zu den Kassen. Dort ließ man mich jedoch nicht so ohne Weiteres durch. Als Nichtkäufer hatte ich mich dort an eine äußerst streng und missbilligend dreinblickende Angestellte zu wenden, die über die Macht verfügte, mittels Knopfdruck die Drehtür nach außen zu öffnen.

Eine gezielte Demütigung für Konsumunwillige, die unter anderem die Funktion hatte, unsichere Marktbesucher einzuschüchtern, damit sie irgendetwas kauften, wenn sie das, was sie eigentlich benötigten, nicht bekommen hatten. Ich jedenfalls hatte genug von diesem Laden und machte mich auf den Weg zu Sigrids Fotostudio am Hahner Mühlfeldplatz.

Kapitel 2

Neben meiner Tätigkeit als, na ja, Privatdetektiv, für den zumindest mein Klient Blabber mich hielt, verdiente ich also seit Neuestem einen Teil meiner Brötchen als Teilkörpermodell. Ungefähr eine Woche vor Blabbers Besuch hatte ich in kurzen Hosen am Tisch eines Straßencafés am Marktplatz gegenüber dem Wiesbadener Rathaus gesessen und versucht, für eine halbe Stunde den Sommer zu genießen und die mich drückenden Sorgen beiseitezuschieben.

Plötzlich bewegte sich die Tischdecke und ich fühlte, wie irgendwer oder irgendwas meine Knie betastete und dabei Ausrufe höchsten Entzückens von sich gab. Ich war so verblüfft – und die ganze Sache, das will ich nicht verheimlichen, war mir auch äußerst peinlich – dass ich erst einmal gar nichts dagegen unternahm und nur um mich schaute, ob etwa jemand das Treiben beobachtete. Dann wurde es mir zu bunt und ich beschloss, dem Ursprung der Ahs, Ohs, Wows und vor allem dem Gefummel an meinen Kniescheiben auf den Grund zu gehen. Ich bückte mich und konnte kaum glauben, was sich unter meinem Tisch abspielte. Dort kniete eine etwa dreißigjährige Frau und schien mir durch ihre Nickelbrille hindurch zusätzliche Poren in die Haut brennen zu wollen, die sich über meine Kniescheiben spannte. Die Dame war nicht im Mindesten verlegen, als ich sie fragte, was sie an meinen Beinen zu suchen habe. Sie stellte sich als Sigrid Beck vor und erklärte mir, sie suche Modelle für Werbeaufnahmen. Mein Nacken wurde allmählich steif und wir kamen überein, die Unterhaltung oberhalb des Tisches fortzusetzen. Der Rest ist dann auch schnell erzählt. Laut Sigrid entsprechen äußere Form und Beschaffenheit meiner Knie exakt der heutzutage gültigen Schönheitsnorm und sind daher bestens für Werbeaufnahmen geeignet. Um die Miete für meine Altbauwohnung in der Drudenstraße zusammenzubekommen, trage ich seit diesem denkwürdigen Zusammentreffen mit Sigrid buchstäblich meine Haut zu Markte, zumindest den Teil, der meine Knie bedeckt. Diese muss ich nun bei Werbeaufnahmen mit allen möglichen Salben, zum Beispiel gegen Schmerzen und Gelenkrheumatismus, einreiben. Natürlich ist es auch unerlässlich, die Makellosigkeit meiner Knie zu erhalten. Blaue Flecken oder rote Striemen, beispielsweise durch Hundepfoten verursacht, sind für mich, neben den damit verbundenen Schmerzen, gleichbedeutend mit empfindlichen finanziellen Einbußen. Ich hatte gehofft, Fatzo sei sich darüber im Klaren gewesen.

Meine Knie brachten mir nun also die Miete ein, meine Kombinationsgabe, meine Kraft und meine Unerschrockenheit sollten den Rest meiner Existenzsicherung gewährleisten, etwa für einen halbwegs vollen Kühlschrank sorgen. Glücklicherweise bin ich ein recht genügsamer Mensch. Neben der Tatsache, dass ich Vegetarier bin, rauche ich nicht und trinke auch keinen Alkohol, wiewohl mir diese Laster alle nicht fremd sind. Gelegentlich werde ich gefragt, ob ich irgendeiner obskuren Sekte angehöre, besonders dann, wenn ich auch noch erwähne, dass ich weder ein Handy noch einen Fernseher besitze. Aber das ist nicht der Fall.

Früher, so bis vor fünfzehn Jahren, habe ich nicht nur gesoffen, sondern auch gekifft und ab und zu sogar gekokst. Irgendwann ließ ich das alles aber bleiben, weil ich merkte, dass es mir nicht guttat. Seitdem haben sich meine Lebenshaltungskosten drastisch verringert. Das ist auch besser so, denn mit meinen vorhin erwähnten Fähigkeiten wie Mut und

17

so weiter, mittels derer ich meinen Kühlschrank zu füllen gedachte, ist es leider nicht so weit her.

*

„Um Himmels Willen, wie sieht das denn aus?", begrüßte mich Sigrid. „Ich wollte ein Werbefoto *für* Wundsalbe machen und nicht dagegen." „Kannst du das nicht am PC mit einem guten Bildbearbeitungsprogramm retuschieren?" „Nichts zu machen. Der Filter, der das glattbügelt, muss erst noch erfunden werden. Und wozu sollte ich überhaupt Models casten und vor allem bezahlen", hier legte Sigrid eine gehörige Portion Strenge in ihren Blick, „wenn ich mir alles selbst am Computer zusammenbasteln kann? Komm wieder, wenn das ausgeheilt ist, aber ruf vorher an!"

Ich verzichtete auf Widerspruch und trollte mich in Richtung Ausgang, drehte mich dort aber noch einmal zu ihr um. „Sag mal, hast du zufällig irgendwann einmal in einem Supermarkt gearbeitet, so als Verkäuferin, meine ich?"

Sigrid starrte mich an, als wäre ich von allen guten Geistern verlassen.

„Hast du sie noch alle?"

„Wieso?"

„Na ich bitte dich, Verkäuferin in einem Supermarkt. Das ist doch das Letzte!"

„Ach ja?" Das Bild der auf dem Boden knienden und Dosen einräumenden Frau vor Augen, fühlte ich Ärger über Sigrids Arroganz in mir aufsteigen. Sie schien es jedoch nicht zu bemerken und redete ungerührt weiter. „Wer macht denn schon so eine Arbeit? Mieses Gehalt und blöde Arbeitszeiten. Da geht doch nur hin, wer anderswo nichts findet."

„Aha."

„Kein Wunder, dass das Personal immer schlecht gelaunt ist. Das lassen sie dann an den Kunden aus, ohne deren Einkauf sie allerdings überhaupt keinen Arbeitsplatz hätten. Gestern bin ich auch an so eine blöde Ziege geraten, deren

Gehalt ich auch noch mitfinanziere. *Wir räumen die Wurstthe-ke aber jetzt aus, gnädige Frau*, hat sie gesagt, als ich noch etwas kaufen wollte. Dabei waren es noch über zehn Minuten bis Ladenschluss!"

„Vielleicht war die Verkäuferin darauf angewiesen, pünktlich Feierabend zu machen, weil sie ihren Bus kriegen musste oder einen dringenden Termin hatte", versuchte ich einzuwenden.

„Mir doch egal", blaffte Sigrid. „Wenn da steht, dass der Laden bis 20.00 Uhr geöffnet hat, will ich auch bis dahin einkaufen können. Und überhaupt, wenn ich morgens einmal früh etwas einkaufen will, lässt sich das Personal mit der Ladenöffnung auch gerne Zeit. Da stehen die Verkäuferinnen dann mit dem Schlüssel in der Hand hinter der verschlossenen Tür und tun so, als bemerkten sie die wartenden Kunden nicht. Dass der Laden eigentlich schon seit fünf Minuten geöffnet haben sollte, ist denen doch egal."

Sigrid holte kurz Luft. Ich nutzte die Gelegenheit und verabschiedete mich endgültig für heute. Auf ein Gespräch über das Thema Servicewüste Deutschland, wie ich sie im Rausgehen brabbeln hörte, hatte ich definitiv keine Lust. Zumal ich entschlossen war, als Detektiv besten Service zu bieten.

Wieder auf der Straße, nahm ich Kurs Richtung Bushaltestelle. Dazu musste ich das berüchtigte Hahner Dreieck mit seiner ganz speziellen Verkehrsführung durchqueren. Die Verkehrsplaner hatten sich hier etwas besonders Hübsches einfallen lassen. Der normale Straßenverkehr verlief mitten durch den Busbahnhof, was zusammen mit der sommerlichen Hitze gerade für ein südeuropäisches oder orientalisches Großstadtflair sorgte. Motorenlärm und Bassgedröhn aus hochgezüchteten Autostereoanlagen vermischte sich mit Gehupe und dem Quietschen von Bremsen.

Mein Bus kam, und ich stieg ein. Ich war froh, dieses vor dreißig Jahren noch so beschauliche Dorf Hahn verlassen zu können. Durch die Gebietsreform in den 1970er Jahren war es zum Taunussteiner Stadtteil mit der Ziffer Eins geworden

– und zeugte seither unerlässlich von städte- und verkehrs-
planerischen Eigenheiten, die keinen Vergleich scheuen
mussten. Und wenn die KFZZulassungsquote weiter so rasant
anstieg wie in den letzten Jahren, würde Taunusstein in
punkto mieser Luftqualität in einigen Jahren mit Wiesbaden
gleichgezogen haben.

Es war am frühen Nachmittag gegen vierzehn Uhr, als
mich die Wohlgerüche meiner Stadt wieder umfingen. Schon
im Bus konnte ich durch die gekippten Fenster spüren, wie
die Luft ab der Stadteinfahrt Aarstraße schlechter wurde. Ich
stieg am Dürerplatz aus und prallte gegen eine Schadstoff-
wand aus Teergeruch und Abgasen.

Neben keinem Fernseher besitze ich wie gesagt auch kein
Handy und schon gar nicht irgendein Auto. In der Stadt lohnt
das nicht, und ich habe sowieso keinen Führerschein. Fragen
nach einem solchen Papier begegne ich gelegentlich mit der
flapsigen Antwort, dass Deutschland doch ein Führer gereicht haben sollte.

Ich holte den in der Toilette meines Nachbarn deponier-
ten Ersatzschlüssel und ging in meine im Hinterhaus gelege-
ne Dachgeschosswohnung. Dann hörte ich meinen Anrufbeantworter ab und checkte meine E-Mails. Nichts. Die Hitze in
der Wohnung war nicht auszuhalten und mein Wasserkasten
war immer noch leer. Kein Grund also, hier drinnen noch länger zu verweilen.

Ich verließ die Wohnung wieder und lief die Emser Straße
vor bis zur Schwalbacher Straße, stieg dort in einen Bus der
Stadtwerke Richtung Mainzer Straße. Zwei Stationen vor
meinem Ziel wurde mir die Enge unerträglich und ich stieg
aus, um den Rest zu laufen.

Der Kaufdas lag auf der linken Seite und teilte sich den
Parkplatz mit einem anderen Großmarkt. Die Halle von Kauf-
das verfügte in etwa über dieselbe Verkaufsfläche wie der
Taunussteiner Markt und unterschied sich auf den ersten
Blick auch sonst nicht wesentlich davon. Ich spazierte einmal
rund um den langgestreckten flachen Bau, bis ich wieder an

meinem Ausgangspunkt ankam. Rechts vor den Türen postierte Einkaufswagen, im Eingangsbereich ein Informationsstand, links davon etwa zehn Kassenstellen, rechts der sich nur nach innen öffnende Zugang zur Einkaufsfläche. Gleich dahinter eine große Textilwarenabteilung. Ausgang für zahlende Kunden an der Kasse, sonst nur an der Information, wenn man nett bitte, bitte machte.

Ich verzichtete diesmal auf den Einkaufswagen und steuerte zielstrebig den schräg gegenüberliegenden Teil des Großmarktes an. Ich hatte hier noch nie eingekauft, aber wenn ich bei meinem Rundgang über das Außengelände richtig aufgepasst hatte, musste ich bald dort ankommen, wo die angelieferte Ware vom Marktpersonal in Empfang genommen wurde. Vor mir befand sich eine offen stehende Flügeltür mit der Aufschrift: *Zutritt nur für Personal*. Dahinter ein langer schmaler Raum mit geweißten Backsteinwänden, der im Gegensatz zum Kundenbereich nicht klimatisiert war. Zwei Frauen, eine Anfang zwanzig, die andere etwa zehn Jahre älter, packten dort Paletten aus und etikettierten die Ware.

Draußen vor dem Packraum befand sich eine LKW-Rampe. Von dort schleppten Männer weitere Waren herbei. Eine Hupe ertönte und ich wich einem Gabelstapler aus, der, mit einer Palette beladen, an mir vorbeifuhr. Eine der Frauen, die dunkelblonde, die ich auf Anfang dreißig geschätzt hatte, schnappte sich einen Hubwagen, der ungefähr die Ausmaße eines Gepäckwagens der Deutschen Bahn hatte, und zerrte ihre Last in Richtung Verkaufsraum. Um ein Haar wäre sie mit Oswald Blabber zusammengestoßen, der plötzlich um die Ecke gelaufen kam.

Der Marktleiter schrak kurz zusammen und herrschte dann die Verkäuferin an: „Passen Sie doch auf! Beinahe hätten Sie mich umgefahren!" Er ließ der Bedauernswerten erst gar keine Zeit, etwas zu erwidern, sondern setzte gleich noch eins drauf. „Wie sehen Sie überhaupt aus? Sie sind ja ganz nass unter den Armen. Was sollen denn die Kunden denken!"

Die Mundwinkel der Frau zuckten leicht, aber sie biss sich auf die Lippen und schwieg. Ich dachte daran, wie Blabber noch heute Vormittag in meiner Wohnung gesessen und geschwitzt hatte, ohne auch nur einen Finger krumm gemacht zu haben, und ärgerte mich über seine Unverschämtheit. Die Frau tat mir leid.

Die Lautsprecherstimme, die nach Besetzung einer zusätzlichen Kasse verlangte, rettete sie. Die Angestellte zog die Bremse ihres Handwagens an und ging schnell nach vorne. Als sein Opfer fort war, brüllte Blabber durch den Zugang zur Warenannahme: „Ich habe euch schon hundert Mal gesagt, dass die Tür zum Markt zubleibt!" Er knallte die Flügeltür zu und rauschte an mir vorbei, ohne mich zu bemerken. Damit war erst mal Schluss mit Durchzug. Hitze hin, Hitze her. Blabber musste hier ja nicht arbeiten.

Meine Lust auf Einkauf in diesem Laden war, wenn es sie überhaupt je gegeben hatte, gründlich vergangen. Trotzdem klemmte ich mir eine Saftflasche unter den Arm und der Grund dafür war nicht allein mein Durst. Ich hatte Glück. Der momentane Stau an den Kassen hatte sich wieder aufgelöst. Die von Blabber angeblaffte Verkäuferin zog gerade noch die Waren eines Kunden über den Scanner und rief mir zu, die nach mir Kommenden müssten sich woanders anstellen. Für eine Frau klang ihre Stimme ungewöhnlich dunkel und – wie ich fand – durchaus attraktiv. Ich zahlte, steckte den Bon sorgfältig in mein Portemonnaie – vielleicht würde ich den Saft als Bewirtungskosten steuerlich absetzen können – und erkundigte mich beiläufig nach Freddy Kissler.

„Der macht gerade Mittag."

„Dauert es noch lange, bis er zurückkommt?"

„Ja, Freddy ist ja gerade erst los. Vor einer Stunde ist nicht mit ihm zu rechnen."

„Könnten Sie ihm eine Nachricht von mir geben?"

„Worum geht es denn? Ich muss zurück an meine Arbeit."

Ich bat um Zettel und Kugelschreiber, schrieb eine kurze Mitteilung für Kissler und reichte sie seiner Kollegin. Sie warf einen kurzen Blick darauf und meinte: „Das geht nicht. Freddy kann Sie heute Abend nicht um acht Uhr treffen. Da hat er Sitzung."

„Dann eben danach. Es ist wichtig. Was ist das denn für eine Sitzung?"

Ihr Blick wurde dunkel. „Was wollen Sie eigentlich von Freddy? Sie sind kein Freund von ihm, oder?" Sie drehte meine Notiz zwischen den Fingern, und ich fürchtete schon, sie würde den Zettel im nächsten Moment zerreißen.

„Ich bitte Sie", sagte ich hastig. „Richten Sie ihm einfach aus, dass ich heute Abend ab acht Uhr in dieser Kneipe sitze und auf ihn warte. Er kann mich daran erkennen, dass ich ein Buch, also einen Krimi, vor mir auf dem Tisch liegen habe."

„Sie kennen ihn überhaupt nicht, und Freddy weiß noch nicht einmal wie Sie aussehen?" Sie ging an mir vorbei, ohne sich umzudrehen.

„Bitte, es ist wirklich wichtig!", rief ich ihr nach.

„Mal sehen", war ihre knappe Antwort. Ich sah ihr nach, bis sie in den nächsten Gang bog. Dann verließ ich den Markt und ging zur Bushaltestelle.

Busfahren verleitet mich oft dazu, mit meinen Gedanken in die Vergangenheit zu reisen. Ich musste nur etwas über zwei Wochen zurückgehen, um mir selbst in völlig anderen Lebensumständen zu begegnen, die immerhin vier Jahre angedauert hatten. Ein faszinierender Mikrokosmos, bestehend aus netten Nachbarn, die mir bei der Arbeit im Freien über die Schulter schauten und mit guten Ratschlägen nicht geizten. Da gab es das Haus auf dem Land, das den Eltern meiner langjährigen Freundin Susanne gehörte, mit der ich schon im Sandkasten gespielt hatte, den Familienbetrieb, in dem ich arbeitete, allgemeine Hilfsarbeiten ohne sozialversicherungspflichtiges Einkommen, versteht sich. Und es gab vor allem die ständigen Vorhaltungen von Susannes Mutter, dass ich ihr und ihrem Mann, der mich allein aufgrund seiner Gutmütigkeit angestellt habe, gar nicht dankbar genug sein könne. Dann begann die Entfremdung zwischen Susanne und mir. Die anfängliche Liebe war alt geworden und hatte sich verbraucht.

Die Auseinandersetzungen zwischen Susanne, ihren Eltern und mir häuften sich und wurden zu einer ständigen Belastung. Susanne rieb mir nun auch dauernd die Großzügigkeit ihrer Familie unter die Nase, und ich verwies darauf, was ihr Familienbetrieb mit mir als billiger Arbeitskraft spare. Alle hatten begriffen, dass wir nicht mehr zusammengehörten, aber wir taten uns schwer damit, die Konsequenz daraus zu ziehen. Schließlich hatten wir uns im Streit getrennt, und ich war auf einen Schlag die Grundlagen meiner Existenz losgeworden.

In meiner Wohnung stapelten sich immer noch die Umzugskisten. Die Sonne war mittlerweile weitergewandert und brannte nicht mehr auf die nach Süden hinausgehenden Fenster. Ich zog die billigen Jalousien hoch und schaute auf die rote Backsteinwand des Vorderhauses, die mir den Blick verbaute. Von der Emser Straße her drang schwacher Verkehrslärm zu mir herauf. Ich kochte mir einen Kaffee und checkte noch einmal meinen E-Mail-Eingänge und den Anrufbeantworter. Nichts und nochmal nichts. Mir kamen starke Zweifel, ob es richtig gewesen war, nach Wiesbaden zurückzukehren.

Was hatte ich hier eigentlich verloren? Ich griff nach dem Kassettenrecorder, um das Gespräch mit Blabber anzuhören und stellte fest, dass ich vergessen hatte, den Aufnahmeknopf zu drücken. Ich wollte das Schreibprogramm starten und dann ging auf einmal gar nichts mehr – abgestürzt. Der Computer war reif für den Elektronikschrott. Plötzlich fühlte ich mich innerlich leer und einsam, schaltete das Radio ein, um es nach knapp einer Minute genervt wieder auszuschalten.

Dann fuhr ich meinen PC doch wieder hoch, betete – erfolgreich – das Betriebssystem möge funktionieren, legte eine neue Datei unter dem Namen: *Kapitalistenschwein* an und begann, das Wenige zusammenzutragen, was ich heute im Fall Blabber an Informationen und Eindrücken gesammelt hatte. Bald stellte ich fest, dass ich fast ausschließlich über Eindrücke und kaum eine einzige Information verfügte. Mutlos sicherte ich das Geschriebene auf einem Datenstick und widmete mich wieder meinem Kaffee.

24

Ich haderte mit meinem Schicksal, das mir auf meine bescheuerte Anzeige hin ausgerechnet so etwas wie einen Detektivfall eingebracht hatte. Hinzu kam außerdem ein Auftraggeber, der mir alles andere als sympathisch war. Konnte ich ihm überhaupt trauen?

Der Kaffee brachte mich ordentlich ins Schwitzen, und ich versuchte mir vorzustellen, wie es erst Blabbers Personal in der Warenannahme ergehen mochte, nachdem er die Tür zum Markt zugeknallt und die Luftzufuhr dramatisch verringert hatte. Der Marktleiter musste unter einem gewaltigen Druck stehen. Anders konnte ich mir seine cholerischen Ausfälle nicht erklären.

Info-hunt. Arbeiten aller Art. Diskretion Ehrensache. Ich weiß heute gar nicht mehr, was mich damals geritten hatte, den Vorschlag meines bekifften Kumpels mit der Anzeige in die Tat umzusetzen. Bei der Formulierung: *Arbeiten aller Art* war ich von Tätigkeiten auf Ferienjobniveau ausgegangen. Vielleicht eine Hecke schneiden hier, ein verstopftes Abflussrohr reinigen dort; nichts besonders Schweres, denn ich bin handwerklich nicht so versiert. Das mit der Diskretion und der Ehrensache, so dachte ich damals, würde mir vielleicht irgendwann einen mühelosen und lukrativen Job einbringen, bei dem ich nur die Klappe halten und hinterher die Hand aufzuhalten brauchte. Ein Botengang oder so etwas in der Art. Ein kleines Päckchen mit mysteriösem Inhalt, aber selbstverständlich ungefährlich, nicht zu schwer, bequem zu tragen. *Bitte sehr Herr Corleone*, und dann die fette Prämie abkassieren. Träumen wird man ja wohl noch dürfen.

Nun hielt mich also jemand für einen leibhaftigen Privatdetektiv, und wenn ich ehrlich war, musste ich zugeben, dass ich dieser Innung bisher nicht gerade viel Ehre gemacht hatte. Ich hatte nicht die geringste Ahnung, wie es nun weitergehen sollte.

Den Rest des Nachmittags verbrachte ich mit Selbstzweifeln, ob es richtig war, mich erst anheuern zu lassen und noch am selben Tag den zu Observierenden zu treffen. Ich beruhigte mich schließlich damit, dass ich Kissler ja nicht zu erzählen brauchte, dass sein Chef mich engagiert hatte. Aber was sollte ich ihm denn überhaupt erzählen? Es war wohl langsam an der Zeit, mir für den heutigen Abend ein Konzept zurechtzulegen.

Kapitel 3

Ich wollte mich mit Kissler im Longdrink treffen, das stand auf meiner Nachricht, die ihm seine Kollegin hoffentlich gegeben hatte.

Kurz nach acht machte ich mich zu Fuß auf den Weg in die Adolfsallee, obwohl ich schätzte, dass Kissler, wenn er denn überhaupt kam, nicht vor zehn Uhr in der Kneipe eintreffen würde, so lange würde seine Sitzung wohl dauern. Also schlenderte ich langsam durch die Innenstadt und betrachtete die Schaufensterauslagen der Geschäfte. Sie waren mit lauter Dingen gefüllt, die ich mir auf absehbare Zeit nicht würde leisten können, und enthielten noch mehr Dinge, die ich nie im Leben würde haben wollen.

Vor die Eingänge der Lokale und Restaurants hatten die Besitzer Tische und Stühle gestellt, um ihren Gästen Sitzgelegenheiten im Freien anzubieten. Nicht zum ersten Mal wunderte ich mich, wieso die Menschen sich dicht an eine Straßenkreuzung setzten, an der ohne Unterbrechung Autos, Busse, LKW vorbeirollten. Hauptsache draußen, auch wenn die Luft alles andere als frisch war. Und so bald würden sie ihre Plätze auch nicht verlassen. Es würde wieder eine laute Nacht werden, sehr zum Ärger der ruhebedürftigen Bürger dieses Viertels, die früh schlafen gingen.

Es war kurz nach halb neun, als ich das Longdrink betrat. Ich hatte mir Zeit gelassen, da Kissler, wenn überhaupt, erst nach seiner Sitzung hier auftauchen würde. In der Kneipe war noch nicht viel los und ich fand einen unbesetzten kleinen Ecktisch. Meinen Krimi legte ich als Erkennungszeichen für Kissler deutlich vor mich hin. Vielleicht hätte ich doch lieber ein Buch mit einem anderen Umschlagfoto auswählen sollen. Dieses zeigte einen Gerichtsmediziner, der gerade mit Begeisterung seiner Tätigkeit nachging. Leute, die an meinem Tisch vorübergingen, warfen mir seltsame Blicke zu. Die Kneipe hier war ein Treffpunkt von Achtundsechzigern der ersten bis vierten Generation. Ich saß kaum und hatte einen Saft bestellt, als ein Alleinunterhalter die kleine Bühne betrat, lahme Witze zum Besten gab und dazu auf einer Gitarre herumzupfte. Das konnte ja heiter werden. Ich verwünschte den Umstand, so früh hierher gekommen zu sein, und hoffte, dass niemand Beifall klatschen und er deshalb die Bühne schnell wieder verlassen würde.

Zwei Mineralwasser später trat plötzlich ein leibhaftiger Big Mac an meinen Tisch und setzte sich, ohne zu fragen. Nicht nur, dass der Kerl ein rundes teigiges Gesicht hatte und so blass war wie ein Weißmehlbrötchen; sein blondes, drei Millimeter kurzes Haar erinnerte zudem an kleine Sesamkörner, aber selbst das war noch nicht alles. Absichtlich oder nicht entsprach die Kleidung dieser Type sowohl farblich als auch in ihrer Reihenfolge der Zusammenstellung eines Hamburgers. Der um die füllige Mitte geschlungene breite braune Gürtel symbolisierte für mich den Fleischfladen, das rote, halb über dem Hosenbund hängende T-Shirt den hervorquellenden Ketchup und die gelben, tiefsitzenden Shorts die untere Brötchenhälfte. Die dunklen Schuhe schließlich interpretierte ich als zwei verbrannte Stellen an der Brötchenunterseite.

„Freddy Kissler, nehme ich an", sagte ich und drehte das Buch zu ihm hin. Kissler, der um die fünfundzwanzig sein mochte, studierte mich ebenso aufmerksam wie ich ihn, und ich fragte mich, wie ich wohl auf ihn wirkte. Kissler schaute angewidert auf das Foto aus der Gerichtsmedizin.

27

„Was soll der Quatsch", pflaumte er mich an. „Erst fragen Sie auf meinem Arbeitsplatz nach mir, wollen meine Kollegen über mich aushorchen ..."

„Nur eine", verbesserte ich ihn, „eine Kollegin."

„... hinterlassen eine krakelige Nachricht, mit der Sie mich hierher bestellen und jetzt noch die Nummer mit dem Buch. Was soll der Scheiß?"

„Wir haben alle unsere Sorgen, nicht wahr, Kissler?", sagte ich lässig und lehnte mich genüsslich zurück, um meine Worte wirken zu lassen.

Kissler starrte mich an, als hätte ich sie nicht alle. Er hatte soeben ein Bier bekommen, blies den Schaum in meine Richtung und zischte wütend: „Du hast exakt so viel Zeit, wie ich brauche, um dieses Bier zu trinken und ich warne dich, ich trinke schnell."

Wie zur Bekräftigung seiner Worte hob Kissler das Glas an die Lippen und leerte es zur Hälfte in einem Zug. Jetzt wusste ich, woher er seinen Bauch hatte, aber das half mir nicht weiter. Dass er in der Anrede vom höflichen Sie auf das distanzlosere Du gewechselt hatte, beunruhigte mich allerdings ein wenig. Außerdem hatte ich mein Konzept bereits aufgebraucht, ohne dass es mir viel genützt hätte. Ich überlegte fieberhaft, wie es weitergehen sollte. Kissler pumpte bereits das dritte Viertel seines Glasinhalts in sich rein.

„Wie war die Sitzung?", fragte ich schnell, als er erneut ansetzte.

Kissler knallte das Glas auf die Tischplatte. Seine Augen wurden schmal. „Was weißt du schon davon?" Er trank aus und wollte aufstehen.

„Noch ein Bier auf mich?", fragte ich hastig.

Kissler schien zu überlegen und winkte dann ab.

„Ich muss morgen früh raus."

„Stimmt es, dass du bei Kaufdas Ware verschwinden lässt?", rief ich ihm nach, als er zur Theke ging, um zu zahlen. Der Kleinkünstler hatte gerade aufgehört zu spielen, und der spärliche Applaus war soeben verklungen. Meine Frage platzte genau in die sich anschließende Stille hinein. Ich fühlte die

Blicke der Anwesenden auf mir und kurz darauf Kisslers Faust im Gesicht. Der Big Mac hatte sich mit einer Schnelligkeit, die ich ihm nicht zugetraut hätte, nach mir umgedreht und zugeschlagen. Meine Nase blutete heftig.

„Scheißkonzept", nuschelte ich und suchte nach einem Taschentuch.

Der Wirt oder derjenige, den ich dafür hielt, kam hinter der Theke hervor und schmiss Kissler und mich raus, nicht ohne uns beiden vorher Hausverbot zu erteilen.

„Da hast du mir ja was Schönes eingebrockt!", schimpfte Kissler, als wir auf der Straße standen.

„War doch nur Spaß", verteidigte ich mich lahm. Statt auf mein Konzept vertraute ich nun lieber auf meine Intuition.

„Ich habe aber wirklich gehört, dass du Waren verschiebst", erklärte ich. „Hör zu, wie könnten vielleicht ins Geschäft kommen."

Kissler blieb abrupt stehen und hielt mir die geballte Faust vors Gesicht.

„Ich weiß nicht, für wen du mich hältst", zischte er wütend, „aber noch so ein Spruch und es bleibt nicht nur bei einer blutigen Nase."

„Okay, okay", versuchte ich, ihn zu beruhigen. „Vielleicht habe ich dich mit jemandem verwechselt, kann ja vorkommen."

Ich wusste, wann es genug war, und trollte mich. Kissler verschwand in Richtung Innenstadt, ich ging zum Kaiser-Friedrich-Ring, stieg dort in einen Stadtbus der Linie Eins und fuhr bis zum Dürerplatz.

Zu Hause betrachtete ich meine Nase im Spiegel. Sie war unterwegs geschwollen und sah mittlerweile aus wie eine mittelgroße Kartoffel. Zum Glück verdiene ich mein Geld nicht als Nasenmodel, dachte ich. Dann betrachtete ich die Schrammen an meinen Knien. Sie verheilten gut. In ein paar Tagen würde ich mich wieder bei Sigrid blicken lassen können. Bis dahin konnte ich mich ausgiebig um meinen Fall kümmern.

Was war eigentlich passiert? Ich versuchte, die Ereignisse dieses Tages, zumindest die, welche Kaufdas betrafen, in einen Zusammenhang zu bringen. Ein cholerischer Marktleiter und Hundebesitzer verdächtigte einen seiner Mitarbeiter, Bargeld und Waren zu unterschlagen. Der Mitarbeiter, von mir mit diesem Vorwurf konfrontiert, reagierte aggressiv. Das passte eigentlich alles ganz gut zusammen, brachte mich aber trotzdem keinen Schritt weiter.

Vielleicht hätte ich Kissler noch einmal danach fragen sollen, was es mit seiner ominösen Sitzung auf sich hatte. Mein feines Gespür für Stimmungen sagte mir jedoch, dass es besser war, den Lagerarbeiter vorläufig in Ruhe zu lassen. Dumm war nur, dass er jetzt wusste, wie ich aussah. Vor allem da ich mich, wollte ich in dem Fall weiterkommen, in die Höhle des Löwen begeben und direkt bei Kaufdas ermitteln musste – selbst auf die Gefahr hin, dass Kissler mich erkennen und erneut verprügeln würde. Ein Vabanquespiel, gewiss, aber so geht es nun einmal zu im Leben eines Detektivs.

Ich erwog meine Möglichkeiten und kam zu dem Schluss, dass meine Chancen eigentlich nicht schlecht standen. Wozu gab es schließlich die gute alte Verkleidungsnummer? Kissler selbst hatte mich auf diesen Dreh gebracht, indem er meine Nase so zugerichtet hatte, dass ich mich selbst kaum im Spiegel erkennen konnte. Der Junge war dabei, sich selbst ans Messer zu liefern. Ein Blick auf die Uhr und die selbstkritische Überprüfung meiner letzten Gedankengänge sagten mir, dass es an der Zeit war, ins Bett zu gehen. Aber nicht ohne einen mit Eiswürfeln gefüllten Waschlappen auf der Nase.

Kapitel 4

Ich begrüßte den Morgen unausgeschlafen und mit Schmerzen im Gesicht. Das Eis hatte die Schwellung zwar gestoppt, aber meine Nase tat noch ziemlich weh. Nach dem Frühstück inspizierte ich meinen Kleiderschrank. Mit einem Haufen Klamotten unter dem Arm ging ich in den Flur, wo ein großer Spiegel hing und spielte Verkleiden. Ein von irgendeiner albernen Faschingsveranstaltung übrig gebliebener Riesenschnauzbart verdeckte etwa zur Hälfte meinen Riechkolben.

Da ich gestern lässige Sommerklamotten, also Hemd, Shorts und Sandalen getragen hatte, entschloss ich mich, trotz der heute wieder zu erwartenden Hitze, für eine seriöse Kleidung. Mein Konfirmandenanzug kam mir da gerade recht und eine alte, vor Jahren auf einem Flohmarkt erstandene Melone als Kopfbedeckung, vervollständigte mein neues Outfit.

Der Anzug war mir mindestens zwei Nummern zu klein und kniff an allen möglichen und unbequemen Stellen. An der Melone klebte noch eine rote Clownsperücke, aber das störte mich nicht, denn so wurde auch mein braunes Haar verdeckt, was die Verkleidung komplett machte.

Ich nahm wieder den Bus, und stieg nach wenigen Haltestellen am Platz der Deutschen Einheit wieder aus, weil mich die Blicke der anderen Fahrgäste nervten. Obwohl noch früh am Vormittag, war es bereits mörderisch heiß und ich setzte mich auf eine der unbequemen Wartebänke an der Bushaltestelle. Mein Kopf juckte, dass es kaum auszuhalten war. Daher zog ich die Melone samt Perücke herunter und legte sie auf meine Knie.

Eine freundliche alte Dame tippelte heran und warf mir ein paar Münzen in den Hut. Ich blieb noch eine Weile sitzen, aber es kam nicht mehr Geld zusammen. Also setzte ich den Hut samt Perücke wieder auf den Kopf und lief weiter in Richtung Fußgängerzone. Das hätte ich besser bleiben gelassen, denn plötzlich eilte ein Sandwichmann auf mich zu, einer von denen, die Reklametafeln auf Bauch und Rücken tragen und damit zu Werbezwecken durch die Einkaufstraßen laufen. Er trug eine schwarze Melone auf dem Kopf und darunter eine Perücke aus rotem Filzhaar – wie ich. Er machte mir Vorwürfe, wo ich denn so lange bliebe.

Als er mir die irrsinnig schweren Tafeln umhängte, sah ich, dass er einen dunklen Anzug trug, aus dem die Ärmel und Socken hervorschauten – wie bei mir.

Ich wollte protestieren, aber der Kerl dachte gar nicht daran, mir zuzuhören, sondern meinte nur: „Sechs Mal die Fußgängerzone rauf und wieder runter. Dann sind wir quitt." Damit verschwand er und überließ mich meinem traurigen Schicksal.

Zwar versuchte ich gleich, die Tafeln loszuwerden, aber genau in diesem Augenblick kam mir ein anderer Sandwichmann entgegen und blaffte mich an, ich solle ja nicht versuchen, mich zu drücken, denn wenn einer ausstiege, gäbe es für alle kein Geld, und dann würde ich was erleben.

Immerhin konnte ich jetzt lesen, für was ich da eigentlich Reklame laufen sollte, aber das Wissen darum machte mich auch nicht gerade froh. *Da purzeln die Preise!* stand da in dicken Buchstaben und auf der Rückseite: *Sommerschlussverkauf bei Kaufdas.*

Ich überlegte kurz, ob es sich um Freddy Kissler handelte, der mir da mit seiner Faust gedroht hatte, verwarf diesen Gedanken aber gleich wieder. Die Äußerung, dass alle kein Geld bekämen, wenn einer ausstieg, ließ eher darauf schließen, dass Blabber ein paar Schüler oder Studenten zum Billigsttarif angeheuert hatte. So in die Verantwortung genommen, beschloss ich kurzerhand, die Jobber nicht hängenzulassen und setzte mich in Bewegung durch die Fußgängerzone, die mir während dieser Tätigkeit und trotz der letzten Renovierungsarbeiten auch nicht besser zu gefallen begann.

Sechs Fußgängerzonenrunden später löste mich mein Vorgänger wieder ab, und ich warf mich gierig über den nächsten Trinkwasserspender. Dann machte ich, dass ich so schnell wie möglich hier weg und zum Kaufdas kam.

Ich platzte mitten in die heiße Phase des Vormittagsgeschäfts. Sommerschlussverkauf! Wo kamen auf einmal all die Frauen mit ihren Einkaufswagen her? Und warum musste ich gerade vor dem Wühltisch mit den günstigsten Angeboten stranden? Irgendetwas rammte gegen meine Knie, und ich ging zu Boden. Wahrscheinlich hatte mich eine der Kundinnen mit ihrem Wagen gefällt. Ich versuchte, mich aufzurichten, und schrie im nächsten Moment vor Schmerz auf. Meine Hand! Ich wusste plötzlich sehr genau, warum hochhackige Damenschuhe mit spitzen Absätzen mitunter auch Killerstilettos genannt werden.

Was dann passierte, ist mir leider nur bruchstückhaft in Erinnerung. Ich musste wohl das Bewusstsein verloren haben. Jedenfalls kam ich erst wieder zu mir, als etwas Feuchtwarmes in regelmäßigen Abständen über mein Gesicht fuhr. Ich schlug die Augen auf und sah in Fatzos Rottweileschnauze. Ich senkte sofort wieder die Lider und hoffte, dass dieser Albtraum bald vorbei sein würde.

Durch die halb geschlossenen Augenlider sah ich, wie Hände links und rechts von Fatzos breitem Schädel auftauchten und ihn langsam aus meinem Blickfeld zerrten. Ein Gesicht, das ich nicht kannte, beugte sich zu mir hinunter. Ein Mund öffnete und schloss sich. Ich hörte die Worte und erkannte, dass sie in meiner Sprache gesprochen wurden, aber ich hatte Mühe, mir einen Reim darauf zu machen.

„Entschuldigen Sie bitte, aber der Hund steckt seine Schnauze in jeden Kackhaufen."

Mein Gesicht! Was war nur mit meinem Gesicht passiert? War es wirklich so schlimm darum bestellt, dass es nicht mal mehr von einem Haufen gewöhnlicher Hundescheiße zu unterscheiden war? Langsam dämmerte es mir, dass der Unbekannte nur eine Unart Fatzos hatte ausdrücken wollen, die es wenig ratsam erscheinen ließ, sich die Hundeschnauze ins Gesicht drücken zu lassen. Mir wurde schlecht.

„Hätten Sie vielleicht ein Glas Wasser für mich?"

„Aber sicher", sagte der Unbekannte. „Ich bringe es Ihnen gleich."

Er ging in ein anderes Zimmer, und Fatzo wollte die Gelegenheit nutzen, sich erneut über mich herzumachen. Ich setzte mich schnell auf einen Stuhl und zog die Beine hoch.

„Wo ist Herr Blabber?", fragte ich, als der Mann mit dem Wasser zurückkam.

„Er macht eine Überraschungskontrolle in der Fußgängerzone. Er will sehen, ob die Sandwichmänner ihre Arbeit verrichten."

Er sagte tatsächlich verrichten, nicht etwa tun oder machen. Seine ganze Erscheinung, der graue Anzug, das weiße Hemd mit dem unifarbenen Schlips, die Hornbrille und das streng zurückgekämmte graue Haar, der Mann ging sicher stark auf die sechzig zu, ließ mich darauf schließen, dass ich es mit einem Buchhalter zu tun hatte.

„Sollten Sie jetzt nicht auch bei Ihren Kollegen in der Stadt sein?", fragte er mich nun.

„Ich? Äh nein, das ist nur ein komischer Zufall, dass ich gerade heute diesen Anzug anhabe. Sind Sie der Buchhalter?"

„Der bin ich. Sie wollen doch nicht etwa einen Vorschuss, oder?" Er sah mich streng an.

„Nein, nein. Ich sagte doch, ich habe mit Ihren Aushilfen nichts zu tun, Herr ..."

„Schüssel."

„Wann denken Sie, wird Herr Blabber wieder hier sein?"

„Er müsste jeden Moment zurückkommen. Wenn Sie möchten, können Sie gerne hier warten, aber ich kann Ihnen nicht versprechen, dass er für Sie noch Verwendung hat."

Ich gab es auf, ihm verklickern zu wollen, dass ich keinen Aushilfsjob suchte. Im Übrigen war es keine schlechte Tarnung, wenn Schüssel mich für einen Ferienjobber hielt. Er verschwand gerade wieder im Nebenzimmer.

Fatzo war eingedöst, und so nutzte ich die Gelegenheit, einen Blick auf Schüssels Schreibtisch zu werfen. Ich erkannte Kassenabrechnungsformulare und Kontenblätter und einen Haufen Kreditkartenbeläge. Schwierig, da den Überblick zu behalten. Schüssel kam zurück und runzelte missbilligend die Stirn, als er mich vor seinem Schreibtisch stehen sah.

„Stimmen die Bilanzen?", fragte ich ihn geradeheraus.

„Ich wüsste nicht, was Sie das angehen sollte", erwiderte er mit sauertöpfischer Miene. „Vielleicht warten Sie doch lieber draußen auf Herrn Blabber."

In diesem Augenblick kam der Marktleiter höchstpersönlich ins Büro hineingestürmt, sah mich in meinem Aufzug mit der Melone und der roten Perücke und brüllte, dass er mir die Zeit, die ich hier verbracht hätte, vom Lohn abziehen würde. Dann stutzte er, weil er mich erkannt hatte. Er zerrte mich ins Nebenzimmer und schloss die Tür.

„Was machen Sie denn hier?", zischte er. „Ich dachte, Sie wollten Kissler beschatten?"

„Deswegen bin ich hier."

Blabber trat einen Schritt zurück und betrachtete meinen Anzug.

„Clever, sich als Aushilfskraft zu verkleiden, wirklich clever." Er nickte anerkennend. „Aber Sie haben Pech. Kissler ist heute nicht zur Arbeit erschienen. Er hat sich krankgemeldet." Blabber fuhr sich mit der Hand über die rechte Schläfe, ein wenig unterhalb der Stelle, wo sein Haarkranz endete. Als er die Hand herunternahm, sah ich, dass Blut an ihr klebte.

„Was ist passiert?", fragte ich ihn.

„Ich bin mit dem Bus gefahren, als sich plötzlich jemand von hinten an mich herandrängte und flüsterte, dass er mir jetzt einen Denkzettel verpassen werde. Es ging alles so schnell. Ich spürte einen dumpfen Schlag, mir wurde schwarz vor Augen, konnte mich aber festhalten. Nur ganz schummerig war mir. Deshalb habe ich nicht gesehen, wie er an der nächsten Haltestelle ausgestiegen ist. Dann merkte ich, wie mir der Kopf blutete. Das werde ich Kissler heimzahlen!"

„Wieso Kissler?"

„Ausgerechnet heute hat er sich krankgemeldet. Merkwürdig, finden Sie nicht auch?"

Ich verzichtete auf eine Antwort. Blabber war gegenüber seinem Lagerarbeiter derart voreingenommen, dass nur ein hieb- und stichfester Unschuldsbeweis ihn von seinem Verdacht gegen Freddy Kissler abbringen würde. Aber vielleicht war der ja auch gar nicht unschuldig?

„Wissen Sie, woran er erkrankt ist?"

„Das geht den Arbeitgeber nichts an, hat er gesagt, als ich ihn gefragt habe."

Es folgte eine Suada über Drückeberger und lasche Gesetze, hinter denen sich alle Faulenzer dieser Republik verstecken und ins Fäustchen lachen könnten. Als Blabber kurz Luft holte, nutzte ich die Gelegenheit, um zum Ausgangspunkt unserer Unterhaltung zurückzukehren.

„Ich gebe Ihnen den guten Rat, nichts gegen Kissler zu unternehmen, wenn Sie sich nicht selbst schaden wollen", entgegnete ich bestimmt und deutete auf die Tür zum anderen Büro. „Was können Sie mir über Ihren Buchhalter, Herrn Schüssel erzählen?"

„Ein absolut zuverlässiger und vertrauenswürdiger Mann. Schüssel arbeitet schon seit über zwanzig Jahren für die Firma und war in dieser Zeit nur zwei Mal krank."

Bevor Blabber wieder anfangen konnte, über die Fehlzeiten seiner Angestellten zu lamentieren, fragte ich ihn schnell, warum er seinen Hund nicht mit in die Stadt genommen habe.

„Ach wissen Sie, die vielen Menschen in der Stadt und das Gedränge im Bus machen ihn nervös."

„Haben Sie kein eigenes Fahrzeug?", fragte ich Blabber, weil es mir seltsam erschien, dass jemand in seiner Position sich Tag für Tag in ein überfülltes öffentliches Verkehrsmittel zwängte.

„Habe ein paar Monate Fahrverbot bekommen, weil ich geblitzt worden bin", erklärte er. „Sicher wäre Fatzo ein guter Schutz für mich gewesen, deswegen habe ich ihn mir ja angeschafft, aber ich hätte doch nie gedacht, dass sich Kissler oder sonst jemand am helllichten Tage an mir vergreift, darum habe ich den Hund nicht mitgenommen. Außerdem ..."

„Ja?"

„... gibt es in der Stadt so viele Hundehaufen, und Fatzo kann an keinem vorbeigehen, ohne dass er seine Schnauze reinsteckt."

„Stimmt", murmelte ich, „in mein Gesicht hat er sie auch gedrückt." Etwas lauter fügte ich hinzu: „Ich möchte gerne mit ein paar von Ihren Angestellten reden. Mit Herrn Schüssel, zum Beispiel. Weiß er über die Fehlbestände Bescheid?" „Ja sicher, er hat sie ja selbst aufgedeckt. Schließlich ist er mein Buchhalter." Blabbers Gesichtsausdruck wurde weinerlich. „Am Monatsende muss ich die Zahlen an die Zentrale melden und die Belege hinschicken. Die nächste Inventur steht mir auch bald ins Haus. Dann kommt sicher der Gebietsleiter vorbei und macht mir die Hölle heiß. Was soll ich nur tun?"

Darauf wusste ich auch keine Antwort. Ich bewegte vorsichtig meine Hand. Sie schmerzte zwar heftig, aber ein Knochen schien nicht verletzt zu sein.

Wir gingen zu Schüssel ins Büro. Ich bat Blabber, das Gespräch mit dem Buchhalter unter vier Augen führen zu dürfen. Der Marktleiter überlegte kurz und willigte dann ein. Bevor er uns verließ, wies er Schüssel an, mit mir zu kooperieren und mir auf meine Fragen wahrheitsgemäß zu antworten.

Schüssel setzte sich auf seinen Stuhl hinter dem Schreibtisch mit den Unterlagen und verschränkte die Arme vor seiner Brust. Er wirkte sehr reserviert. Ich zog mir einen zweiten Stuhl heran und setzte mich dem Buchhalter frontal gegenüber. Ich hatte nicht den Nerv, lange um den heißen Brei herumzureden, und fiel gleich mit der Tür ins Haus.

„Meine Frage vorhin, ob die Bilanzen stimmen, war durchaus ernst gemeint, Herr Schüssel. Von Herrn Blabber weiß ich, dass Sie Unregelmäßigkeiten entdeckt haben."

„Das ist richtig", antwortete Schüssel langsam.

„Wann sind die Fehlmengen zum ersten Mal aufgetreten?"

„Irgendwann im Verlauf des letzten Jahres, genau kann ich es noch nicht sagen."

„Vorher nicht?"

„Was, wie gesagt, die Fehlbestände an Waren betrifft, nein. Das hätte sonst bei der letzten Inventur auffallen müssen. Dem ist aber nicht so." Er seufzte. „Was dagegen die Geldunterschlagungen betrifft; die können sich, wenn sie geschickt kaschiert werden, viel länger hinziehen, ehe jemandem etwas auffällt. Oft geschieht das nur durch einen Zufall. So war es auch hier."

„Das heißt, die Geldunterschlagungen können sich über einen ganz anderen Zeitraum erstrecken, als der Warenschwund?"

„So ist es."

„Wann steht die nächste Inventur an?"

„Nächsten Monat, nach dem Schlussverkauf. Dann sind die Lager leer, und die neue Ware ist noch nicht eingetroffen."

„Die Inventur findet nicht zum Jahresende statt?", fragte ich überrascht. Nebenbei registrierte ich verwundert, dass es bei Kaufdas immer noch einen Schlussverkauf gab, obwohl der doch offiziell abgeschafft worden war. Aber auch in der Fußgängerzone wurde damit geworben.

Schüssel lächelte herablassend. „Der Gesetzgeber schreibt nur vor, dass eine Inventur spätestens zum Ende eines Geschäftsjahres, nicht unbedingt eines Kalenderjahres, zu erfolgen hat. Das heißt, dass jeder Geschäftsmann seinen Inventurtermin innerhalb dieses Geschäftsjahres beliebig festsetzen kann", belehrte mich der Buchhalter.

Seine Arroganz ging mir auf die Nerven, aber ich musste zufrieden sein, dass er mir recht freimütig Rede und Antwort stand. Dumm war allerdings, dass ich Schüssel gerade gezeigt hatte, über wie wenig kaufmännisches Wissen ich verfügte. Das konnte ihn vielleicht dazu verleiten, bestimmte Tatbestände zu verschleiern.

Ich verfügte nun über mehr Informationen, als ich im Moment verarbeiten konnte. Mein Notizblock, auf dem ich eifrig mitgeschrieben hatte, war mittlerweile fast voll. Für heute wollte ich es gut sein lassen.

„Können Sie mir die Privatadresse von Herrn Kissler geben?"

Schüssel bejahte und zog eine Schreibtischschublade auf. Ich riskierte einen Blick und sah, dass deren Inhalt peinlich genau sortiert war. Briefkuverts, Stifte, Büroklammern und

Lohnabrechnungsformulare lagen übersichtlich voneinander getrennt an ihrem Platz. Das Chaos auf seiner Schreibtischplatte musste für Schüssel unerträglich sein.

Als hätte er meine Gedanken gelesen, meinte der Buchhalter: „Hoffentlich kann ich diese Prüfungen bald abschließen, damit es hier wieder halbwegs zivilisiert aussieht." Dann schrieb er Kisslers Adresse von einem Lohnzettel ab und reichte sie mir.

„Besteht irgendein konkreter Verdacht gegen den jungen Mann?"

„Nichts Bestimmtes, aber irgendwo muss ich ja anfangen. Können Sie mir etwas über ihn erzählen, ob Sie Kissler die Unterschlagungen zutrauen, zum Beispiel?"

Schüssel zog seine Brille ab und kaute gedankenverloren am Bügel herum. „Ich weiß nicht", sagte er schließlich. „Nein, tut mir leid. Darüber kann ich einfach kein Urteil abgeben."

„Weder in die eine noch in die andere Richtung?", hakte ich nach.

„Genau so ist es. Herr Blabber muss sich oft mit dem Lagerarbeiter herumstreiten, wissen Sie. Der ist nämlich in der Gewerkschaft aktiv und setzt den Chef manchmal ganz schön unter Druck."

„Wissen Sie, ob Herr Kissler Ihrem Chef Prügel angedroht hat?"

„Es geht manchmal laut her zwischen den beiden, aber mit Schlägen hat Herr Kissler meines Wissens nicht gedroht." Schüssel machte auf mich den Eindruck, als bereite es ihm Freude, dass es jemand wagte, Blabber Paroli zu bieten. Immerhin konnte ich mir jetzt denken, was es mit Kisslers ominösen Sitzungen auf sich hatte. Höchstwahrscheinlich handelte es sich dabei um Gewerkschaftstreffen. Ich bedankte mich und verabschiedete mich artig, nicht ohne Schüssel darauf vorzubereiten, dass dies wahrscheinlich nicht mein letzter Besuch in seinem Büro gewesen sei.

Ich fand Blabber vorne bei den Kassen. Die Kopfwunde schien ihm nicht allzu viel auszumachen, denn er war schon wieder in der Lage, nach Herzenslust herumzubrüllen. Opfer war wieder einmal die Frau, der ich gestern die Nachricht für Kissler gegeben hatte.

Der Chef hatte gerade ausgetobt, als ich vorbeiging. Durch ein Handzeichen gab er mir zu verstehen, dass er mit mir reden wolle. Die Verkäuferin schlich davon wie ein geprügelter Hund.

„Und?", fragte Blabber knapp, als er mich erreicht hatte.

„Ich komme voran", antwortete ich unbestimmt. „Herr Schüssel war sehr kooperativ. Er hat mir viele Informationen gegeben, die ich jetzt erst einmal auswerten muss."

Blabber hob die Augenbrauen, was für mich viele Deutungen seines Gemütszustandes zuließ. Vielleicht erwartete er, dass ich jetzt ins Detail ging, aber dazu hatte ich keine Lust.

„Ich melde mich morgen bei ihnen", sagte ich nur und ließ ihn stehen. Ohne mich nach ihm umzusehen, ging ich Richtung Ausgang.

Die Kassen waren hoffnungslos unterbesetzt. Vereinzelt hörte ich Kunden murren, dass es in einem Markt in Taunusstein Geld zurückgäbe, wenn man länger als zehn Minuten warten müsse. Ich drängelte mich an den Wartenden vorbei und verließ den Markt, ohne von den gestressten Kassiererinnen behelligt zu werden.

Kapitel 5

Ich ging allerdings nicht nach Hause, sondern nahm Kurs auf Freddy Kisslers Wohnung. Es war sicher eine gute Idee, bei ihm daheim vorbeizuschauen, solange ich noch in meiner Verkleidung steckte. So konnte ich ihm vielleicht vorgaukeln, Blabber hätte mich für seine Schlussverkaufsaktion angestellt.

Kissler bewohnte eine kleine Dachgeschosswohnung in der Kellerstraße. Ich stieg die engen Treppenstufen hinauf und drückte den Klingelknopf. Kissler öffnete und starrte entgeistert auf meine Garderobe.

„Du hast vielleicht Nerven, hierherzukommen!", pflaumte er mich an. „Hat dir das gestern nicht gereicht?"

„Regelst du alles mit den Fäusten?", fragte ich zurück. „Blabber ist heute angegriffen worden. Er hat eine Kopfwunde abgekommen."

„Ach, und deswegen kommst du zu mir?"

Im Stockwerk unter uns wurde eine Tür geöffnet. Eine ältere Frau, mit Morgenmantel und Kopftuch bekleidet, lehnte sich über das Treppengeländer und schaute zu uns hinauf. Kissler seufzte. „Also gut, du kannst reinkommen. Reden wir drinnen weiter, aber ich warne dich. Keine krummen Dinger!"

Er führte mich durch eine winzige Diele in sein Wohnzimmer und bot mir an, mich in einen der beiden Sessel zu setzen. Er schaffte sogar eine Flasche Mineralwasser und zwei Gläser heran, was ich echt nobel von ihm fand. Nachtragend sein, gehörte anscheinend nicht zu Kisslers Schwächen. Hinter dem Wohnzimmer gab es noch einen weiteren Raum. Ich vermutete, dass Kissler dort schlief. Seine Dusche war wohl wie bei mir in die Küche integriert. Mehr Zimmer schien es nicht zu geben. Als Lagerarbeiter wurde man also auch nicht reich.

„Nun mal raus mit der Sprache", eröffnete er den Dialog. „Warum bist du hierhergekommen?"

„Ich soll herausfinden, warum bei Kaufdas Waren und Geld verschwinden."

„Aha, und wer bezahlt dich?"

„Berufsgeheimnis."

Kisslers Mundwinkel verzogen sich zu einem verächtlichen Grinsen. „Na gut, ich kann es mir sowieso denken." Er trank einen Schluck von seinem Mineralwasser.

„So wie es aussieht, bin ich also dein Verdächtiger Nummer eins, was?"

Ich bejahte.

„Und was verschafft mir diese Ehre, wenn ich fragen darf?"

Zugegeben, Kissler verstand es, sich Respekt zu verschaffen. Eigentlich hatte ich ihn aufgesucht, um ihm Fragen zu stellen. Bisher war mir das allerdings noch nicht gelungen. Stattdessen hatte der Lagerarbeiter den Spieß einfach umgedreht. Ich fand, dass es langsam an der Zeit war, selbst in die Offensive zu gehen.

„Erstens liegst du deinem Chef ständig mit Gehaltsforderungen in den Ohren, zweitens weiß ich aus eigener Erfahrung, dass du schnell dabei bist, mit den Fäusten zuzuschlagen, wenn dir was nicht passt; und drittens ist Blabber, wie gesagt, heute Vormittag tätlich angegriffen worden, zufälligerweise an demselben Tag, wo du dich krankgemeldet hast!"

Das saß. Kissler lehnte sich zurück und begann, mit dem Verschluss der Wasserflasche herumzuspielen. Es dauerte ein paar Augenblicke, bis er sich soweit wieder gesammelt hatte, dass er antworten konnte.

„Hör zu, dass ich dir gestern eine verpasst habe, tut mir leid, ehrlich. Das ist sonst wirklich nicht meine Art. Ich fand es allerdings auch reichlich unverschämt von dir, mich in aller Öffentlichkeit des Diebstahls zu beschuldigen. Überlege bitte mal, wie du reagieren würdest, wenn ein wildfremder Kerl daherkommt und dir sowas an den Kopf wirft, noch dazu vor Publikum."

Eins zu eins, Ausgleich, dachte ich. Was Kissler sagte, hatte durchaus einiges für sich. Das konnte ich drehen und wenden, wie ich wollte. So leicht gab ich mich aber nicht geschlagen.

„Bleiben noch die anderen Punkte. Du musst zugeben, dass du ein gutes Motiv hättest, dich bei Kaufdas auf andere Weise als mit ehrlicher Arbeit schadlos zu halten. In deiner Firma wissen viele, dass du Gehaltsforderungen gestellt hast, die von Blabber zurückgewiesen wurden."

Kissler knallte sein Glas auf den Tisch. „Nicht nur Gehaltsforderungen. Ich setze mich auch für anständige Arbeitsbedingungen ein. Warst du mal bei uns in der Warenannahme und hast die Temperatur dort gemessen? Wir schuften dort bei über dreißig, manchmal sogar vierzig Grad. Das ist laut

Gesetz gar nicht zulässig, aber er lässt uns nicht einmal die Tür zur Markthalle aufmachen, damit wir wenigstens etwas Durchzug bekommen. Ihm kann es ja auch egal sein. Wenn es Blabber zu heiß wird, kann er sich ja in sein klimatisiertes Büro zurückziehen!"

„Manche sagen, du seist aktiver Gewerkschaftler."

„Das ist ja wohl nicht verboten. Leider ist der Organisationsgrad bei Kaufdas nicht sehr hoch. Kein Wunder. Bei der miesen Bezahlung im Einzelhandel hat kaum jemand Lust, auch noch einen Gewerkschaftsbeitrag aufzubringen. Manche trauen sich auch nicht, haben Schwellenangst oder halten organisierte Arbeiter grundsätzlich für Radikale, was weiß ich. Viele arbeiten auch nicht aktiv mit, denken, ihr Engagement habe sich mit der regelmäßigen Zahlung des Mitgliedsbeitrags erledigt. Die meisten sind nur scharf auf das Streikgeld oder den Rechtsbeistand. Denen geht es vor allem um die eigene Absicherung. Keine Spur von Solidarität. Bei Kaufdas bin ich der Einzige, der den Mund aufmacht. Das fällt dem Chef natürlich unangenehm auf. Blabber wäre es sicher nur recht, wenn er mir etwas anhängen könnte, damit er mir kündigen kann."

„Blabber meint, du hättest ihm Schläge angedroht."

„Quatsch."

Ich wartete, aber für Kissler schien die Frage damit erschöpfend beantwortet zu sein. Also ging ich zur nächsten Frage über. „Du warst gestern Abend also auf einer Gewerkschaftssitzung?"

„Ja, natürlich."

„Und wieso hast du dich heute krankgemeldet?"

Er grinste verlegen. „Ob du es glaubst oder nicht, das mit gestern Abend ist mir ganz schön an die Nieren gegangen. Ich konnte die Nacht über nicht schlafen und hatte heute Morgen wahnsinnige Kopfschmerzen. Die sind zum Glück mittlerweile weg. Ich bin manchmal recht aufbrausend und kann mich ereifern, aber so einfach zuhauen, nein. Das ist mir schon so lange nicht mehr passiert, dass ich mich gar nicht mehr an das letzte Mal erinnern kann. Ich habe mich selbst nicht mehr wiedererkannt, habe beinahe Angst vor mir bekommen." Ich sah Kissler in die Augen und studierte sein Gesicht. Kein Zweifel, er meinte es ehrlich. Der Lagerarbeiter tat mir leid. Ich fand nicht die richtigen Worte und winkte nur schwach mit der Hand ab.

„Warst du heute schon einmal aus dem Haus?", fragte ich, um den letzten Punkt auf meiner Liste abhaken zu können.

„Nein. Ich wollte gerade etwas einkaufen gehen, als du kamst."

Ich stand auf und gab Kissler die Hand.

„Das war es dann für heute. Kann aber sein, dass ich dir irgendwann noch einmal auf den Wecker gehen muss."

Kissler nahm meine Hand und drückte sie.

„Geht schon klar", meinte er lässig. Er nahm eine Stück Papier, schrieb seine Telefonnummer darauf und gab es mir.

„Hier, ruf vorher an."

Ich war bereits an der Wohnungstür, als mir noch etwas einfiel. Also drehte ich mich noch einmal zu ihm um.

„Nur eine Frage noch. Was kannst du mir über euren Buchhalter Schüssel sagen?"

Kissler verzog das Gesicht. „Der kennt nur Zahlen und handelt entsprechend. Ein richtiger Kapitalistenknecht, wie er im Buche steht, genau wie Blabber. Schüssel präsentiert Blabber die Bilanzen, deutet auf den Posten Personalkosten und sagt: Wenn wir so und so viele entlassen, sparen wir so und so viel. Die haben beide keinerlei Gespür für soziale Zusammenhänge. Deswegen geht die Filiale auch den Bach runter. Demotiviertes Personal ist nun einmal nicht sehr leistungsbereit, aber das geht solchen Typen wie Blabber und Schüssel nicht in den Kopf. Die machen nur Druck und glauben, sie könnten damit etwas erreichen. Als ich mal eine meiner Unterredungen mit Blabber hatte und ihm klarmachen wollte, dass die anfallende Arbeit mit dem niedrigen Personalstand nicht zu schaffen sei, kam Schüssel mit einem Aktenordner dazu, jammerte über den Umsatzrückgang und die viel zu hohen Löhne. Ist mir voll in den Rücken gefallen, dieser Mistkerl!" Die letzten Worte brüllte Kissler derart heraus, dass ich unwillkürlich einen Schritt zurückwich.

„Tschuldigung", brummte er und senkte seine Stimme auf Zimmerlautstärke. „Schüssel ist die graue Eminenz bei Kaufdas. Er tut alles, um sich bei Blabber beliebt zu machen. Schwärzt Kollegen an, wenn es ihm einen Vorteil einbringt. Er versucht, sich unentbehrlich zu machen und nimmt sogar Arbeit mit nach Hause. In seiner Freizeit tippt er Dienstanweisungen. Vielleicht kann er dabei auch seine Machtgelüste ausleben."

„Er hat Machtgelüste?", fragte ich „Wie kommst du darauf?"

„Du solltest Schüssel mal erleben, wenn er eine Anordnung geben darf oder jemanden bei einem Fehler ertappt. Wie er sich dann aufplustert, um denjenigen runterzuputzen, einfach ekelhaft!"

Kisslers Stimmvolumen nahm bereits wieder ein bedrohliches Ausmaß an. Ich hatte sowieso genug gehört und fand es endgültig an der Zeit, mich von ihm zu verabschieden. Am besten mit ein paar warmen Worten, damit der Gute sich wieder etwas beruhigte.

„Du hast übrigens Recht", sagte ich, während ich die Klinke der Wohnungstür nach unten drückte. „Wenn mir einer in der Kneipe so dumm gekommen wäre, wie ich dir, hätte ich wahrscheinlich auch zugeschlagen."

Ich deutete auf meine Nase. „Ist übrigens nicht mehr so schlimm."

Kapitel 6

Ich lief zu Fuß nach Hause und ging dabei die Treppen zur Emser Straße hinunter. Dann fiel mir ein, dass ich noch immer kein Mineralwasser im Haus hatte. Also machte ich noch einen kleinen Umweg und besorgte mir zwei Flaschen, bevor ich zu meiner Wohnung ging. Dort musste ich feststellen, dass ich wieder einmal ohne Schlüssel vor verschlossener Tür stand. Der Ersatzschlüssel war auch noch nicht wieder an seinem Platz. Ich drückte eine der kleinen Glasscheiben an meiner Wohnungstür ein, damit ich die Klinke von innen betätigen konnte. Zum Glück hatte ich nicht abgeschlossen. Der Fensterkitt war so alt, dass er einfach rausbröckelte, die Scheibe blieb heil, ich konnte sie mit Tesafilm prima wieder einkleben.

Der Sommer behielt seine Hochform bei, und ich machte, dass ich aus meinem Anzug rauskam. Nach einer kalten Dusche fühlte ich mich soweit klar im Kopf, dass ich mich in der Lage sah, den Fall Kaufdas zu rekapitulieren. Morgen war mein vorläufig letzter, von Blabber vorausbezahlter Arbeitstag. Ich wusste nicht, ob ich an einer Verlängerung dieses Auftrags interessiert war. Finanziell schon, denn mit meinen Knien konnte ich mich in Sigrids Fotostudio noch nicht blicken lassen. Andererseits wurde mir Blabber allmählich immer unsympathischer, und nachdem Kissler für mich als Verdächtiger ausgeschieden war, würde ich mit meinen Ermittlungen wieder ganz von vorne beginnen müssen. Dazu hatte ich, ehrlich gesagt, wenig Lust. Für mich stand fest, dass der Lagerarbeiter eine ehrliche Haut war. Bei dem Buchhalter Schüssel war ich mir da nicht ganz so sicher. Zumindest was die Geldbeträge anging, saß er direkt an der Quelle und verfügte gewiss über die besten Möglichkeiten, um in die eigene Tasche zu wirtschaften. Allerdings war es Schüssel gewesen, der auf die Unregelmäßigkeiten hingewiesen hatte. Ein Trick, um von sich selbst abzulenken? Die nächsten Prüfungen und die Inventur standen im nächsten Monat an. Dann würde der Schwund sowieso auffallen. Die Kaufdas-Zentrale würde sich des Falles annehmen und dann würden auch einem Herr Schüssel seine Tricks nicht mehr weiterhelfen. Andererseits, wie sollte der Buchhalter das Verschieben der Waren bewerkstelligen? Ich schimpfte über meine Nachlässigkeit, mich nicht erkundigt zu haben, wer bei Kaufdas sowohl Zugang zu den Kassen als auch zum Warenlager hatte. Ich war eben doch ein blutiger Anfänger. Während ich meine Notizen durchblätterte, fielen mir immer mehr Mängel in meinen Recherchen auf. Es half alles nichts. Ich würde mich noch einmal zu Kaufdas begeben müssen, allerdings nicht heute. Wenn Blabber keinen Wert mehr auf die Fortsetzung meiner Ermittlungen legen sollte, konnte ich mir die Arbeit vielleicht sparen. Der Marktleiter würde morgen von mir einen Bericht präsentiert bekommen. Das konnte ich bequem nebenbei in der Wohnung erledigen.

Ich fuhr den Computer hoch und startete das Textverarbeitungsprogramm, schrieb ein paar Zeilen, löschte alles wieder, fuhr das Betriebssystem wieder runter, fluchte ausgiebig, schlüpfte in meine Sandalen und machte mich wieder auf den Weg in die Mainzer Straße. Diesmal dachte ich daran, einen Wohnungsschlüssel mitzunehmen und den anderen wieder in der Toilette im Parterre zu deponieren.

*

Ich spazierte direkt in Blabbers Büro und fand den Markleiter hinter seinem Schreibtisch. Rottweilermischling Fatzo glotzte mich nur müde aus einem halb geöffneten Auge an, als er mich erkannte. Der Hund hielt um diese Zeit anscheinend Mittagsschlaf.

„Gibt es was Neues?", begrüßte mich Blabber.

„Ich hätte da noch ein paar Fragen."

Blabber zögerte. Offensichtlich kam ich ihm gerade ungelegen.

„Gut", meinte er schließlich. „Worum geht es?"

„Ich möchte gern wissen, wer nach Geschäftsschluss Zugang zum Warenlager hat."

„Theoretisch jeder. Ein Schlüssel hängt direkt hinter der Durchgangstür zum Verkaufsraum. Hin und wieder kommt ein LKW nach Geschäftsschluss. Dann muss natürlich jemand da sein, der die Ware annimmt. Wenn er fertig ist, verlässt er den Markt und wirft den Schlüssel in den Briefkasten vorne neben dem Haupteingang. Von dort holen ihn sich dann die Leute von der Frühschicht wieder heraus."

„Hätten diese Leute dann auch Zugang zu den Büroräumen?"

„Das nicht, die schließe ich immer ab, wenn ich gehe. Manchmal verlässt auch Herr Schüssel das Büro als Letzter."

„Er hat einen eigenen Schlüssel für die Büros?"

„Ja."

„Ich nehme an, es gibt Ersatzschlüssel für die Warenannahme. Wer hat die?"

„Herr Schüssel und ich."

„Auf welche Summe beläuft sich eigentlich der Warenschwund?"

„Einige tausend Euro."

„Pro Monat?"

„In der Woche."

Ich stöhnte innerlich auf. Das war ja ein dickes Ding.

„Liegt die Höhe der Geldunterschlagungen in derselben Region?"

„Kann man so sagen, ja."

Ich blies meine Wangen auf und ließ die Luft geräuschvoll wieder raus. Das wurde ja immer besser.

„Wie kann das sein?", wunderte ich mich. „Ein Manko von mehreren hundert bis eintausend Euro müsste doch schon bei der täglichen Kassenabrechnung auffallen, oder?"

„Nicht wenn zum Beispiel ein entsprechender Beleg beigefügt wird", erklärte Schüssel, der von mir unbemerkt in Blabbers Büro getreten war. Der Buchhalter trug eine Briefmappe unter dem Arm und legte sie Blabber auf den Schreibtisch. Er tut alles, um sich bei Blabber beliebt zu machen, hörte ich Kisslers höhnische Stimme.

„Entschuldigung", sagte er zu mir gewandt. „Ich wollte nicht lauschen, aber zufällig habe ich Ihre letzte Frage mitbekommen. Vorgestern sind übrigens keine Differenzen aufgetreten. Die Abrechnung von gestern habe ich noch nicht fertig."

„Na, Gott sei Dank", seufzte Blabber.

Schüssel fingerte an einem mit einer Büroklammer zusammengehaltenen Papierhäufchen herum und zog daraus einen Kassenbon hervor.

„Sehen Sie hier", sagte er und hielt mir das Papierchen hin. „Das ist ein Fehlbon. Wenn ein Betrag falsch in die Kasse getippt wird, muss der entsprechende Posten storniert werden, denn sonst würde dem Kunden die falsche Summe berechnet werden. Wenn nun aber bereits die Endsummentaste gedrückt wurde, ist der gesamte Kassenbon ungültig. Dann muss die Ware neu eingetippt werden. Ohne entsprechenden Buchhaltungsbeleg, eben dem Fehlbon, würde der Kassenprüfer bei der Abrechnung eine Differenz in Höhe der auf dem alten falschen Bon ausgewiesenen Summe feststellen."

„Aha." Soweit hatte ich Schüssels Ausführungen folgen können. Ich wartete gespannt auf die Fortsetzung seines Vortrags, aber der Buchhalter hielt es anscheinend nicht für nötig, noch etwas hinzuzufügen.

„Ich sehe das Problem nicht", musste ich schließlich zugeben. Verflixt, als Privatdetektiv machte ich gerade keine gute Figur.

Schüssel lächelte überlegen. „Einen Augenblick bitte." Er verließ das Büro und ging in die Markthalle. Ich drehte Schüssels Fehlbon zwischen den Fingern hin und her. Ein ganz normaler Kassenbon, auf dessen Rückseite das Wort: *Fehlbon* stand, darunter die knappe Begründung: *vertippt* und zwei Namenskürzel.

Langsam dämmerte es mir, worauf Schüssel hinauswollte, und noch ehe er zurückkehrte, hatte ich begriffen. Mein Kombinationsvermögen war gar nicht so schlecht. Mit ein wenig Übung würde ich wohl doch einen prima Privatdetektiv abgeben.

Der Buchhalter kam wieder herein und hielt mir drei weitere Kassenbons hin.

„Die habe ich gerade im Kassenbereich auf gesammelt", sagte er und griff nach einem Kugelschreiber. „Dort liegen diese Bons zu Hauf auf dem Fußboden herum." Auf die Rückseite jedes Bons schrieb der Buchhalter zuerst das Wort: *Fehlbon*, zweimal gab er als Grund: *vertippt* an und einmal schrieb er: *Kunde hatte zu wenig Geld.* Dann unterzeichnete Schüssel noch mit seinem Namenskürzel und legte die Belege auf den Tisch.

„Wo kriegen Sie die zweite Unterschrift her?", fragte ich.

„Offiziell von mir", antwortete Blabber zu meiner Überraschung.

„Tatsächlich", fuhr er fort, bevor ich ihm meine Verwunderung mitteilen konnte, „zeichnen sich die Mitarbeiter gegenseitig die Fehlbons ab. In der Kassenanweisung steht zwar, dass die vertippten Kassenbelege dem Marktleiter vorzulegen sind, aber das lässt sich in der Praxis nicht durchführen. Der Betrieb muss weiterlaufen, und ich habe gewiss anderes zu tun, als den ganzen Tag zwischen den Kassen hin- und herzupendeln. Manchmal bin ich ja auch gar nicht im Haus."

„Gerade in den Stoßzeiten geht es hier hektisch zu", ergänzte Schüssel. „Da reicht ein Kollege dem anderen seinen Bon zur Unterschrift, und der unterzeichnet, ohne richtig hinzusehen."

Ich erinnerte mich, wie ich selbst einmal in der Warteschlange vor der Kasse in einem anderen Supermarkt gestanden hatte. Die Kassiererin hatte sich vertippt, sich über ein neben ihr montiertes Mikrofon gebeugt und gesagt: „Storno, Kasse neun, Achtung, Storno, Kasse neun." Eine Frau kam heran, kramte in ihren Schürzentaschen und murmelte: „Ach, ich habe den Schlüssel ja gar nicht."

Als ein Kollege vorbeiging, fragte sie ihn, ob er den Stornoschlüssel habe. Der bei Kaufdas praktizierte Umgang mit Fehlbons war dieser Erinnerung zufolge kein Einzelfall. Ich hatte zwar keine Ahnung, ob bei Kaufdas Stornoschlüssel verwendet wurden. Das schien jedoch nicht weiter wichtig zu sein. Unterm Strich blieb festzuhalten, dass Geldunterschlagungen unentdeckt blieben, solange es entsprechende Belege gab. Einerlei ob in Form eines Storno- oder Fehlbons.

Mir brummte der Kopf, aber ich hatte immerhin soviel verstanden, dass praktisch jeder Angestellte bei Kaufdas in

Frage kam, sowohl für die Waren- als auch für die Geldunterschlagungen verantwortlich zu sein. Was die Sache zusätzlich verkomplizierte, war die Möglichkeit, dass es zwischen den einzelnen Unterschlagungen vielleicht gar keinen Zusammenhang gab.

„Ich möchte den Rest des Tages hier verbringen", sagte ich. „Und zwar solange, bis der letzte Mitarbeiter den Markt verlassen hat. Nach Ladenschluss werde ich mich im Lager auf die Lauer legen."

Bevor ich mit Blabber morgen über das Ende unserer Geschäftsbeziehung redete, wollte ich ihm wenigstens noch etwas für sein Geld bieten. Außerdem ist keine Werbung so gut wie eine persönliche Empfehlung. Insofern war eine Nacht mit wenig Schlaf keine schlechte Investition.

Wider Erwarten zeigte sich Blabber aber von meinem Vorschlag gar nicht so begeistert.

„Glauben Sie wirklich, das bringt was?", meinte er und verzog das Gesicht.

„Wieso denn nicht?", fragte ich.

„Herr Kissler ist heute krank. Vorgestern, an seinem freien Tag, gab es keinen Schwund. Das wird heute wohl nicht anders sein."

Jetzt reichte es mir. Ich bat Blabber um eine Unterredung unter vier Augen. Schüssel musste nicht wissen, für wie lange der Marktleiter mich bezahlt hatte. Als wir allein waren, redete ich Klartext mit Blabber.

„Hören Sie, ich weiß, dass Herr Kissler Ihr Hauptverdächtiger ist, aber dafür gibt es noch keinen Beweis. Ich muss also davon ausgehen, dass durchaus noch andere Personen in Frage kommen. Sie haben mich bis einschließlich morgen im Voraus bezahlt. Mein Einsatz heute kostet Sie also keinen Cent mehr, aber wenn ich für Sie arbeiten soll, muss ich das nach meinen eigenen Methoden und Vorstellungen tun können. Ansonsten beenden wir die Sache besser sofort!"

Ich pokerte hoch. In Gedanken überschlug ich die Summe, die Blabber mit Recht von mir zurückfordern konnte, wenn wir uns sofort trennten. Zugleich rechnete ich aus, wie weit ich meinen ohnehin niedrigen Lebensstandard senken musste, um ohne meinen Zusatzverdienst als Detektiv über die Runden zu kommen.

Blabber sah unglücklich drein. Eine solche Standpauke hatte er von mir anscheinend nicht erwartet. Er gab sich geschlagen und nickte. „Von mir aus."

Plötzlich fiel mir noch etwas ein. „Sagen Sie, es gibt doch sicher so etwas wie eine Putzkolonne, könnte von denen jemand ...?"

„Ausgeschlossen", winkte der Marktleiter ab. „Die Reinigungsleute kommen etwa eine halbe Stunde nach Ladenschluss. Da bin ich meistens selbst noch im Haus. Außerdem sind die Kassen da schon längst abgerechnet."

Das klang einleuchtend. Ich war froh, dass es nicht noch mehr Verdächtige gab. Die Kaufdas-Belegschaft reichte mir völlig.

„Gut", sagte ich. „Ich bleibe heute Abend hier. Vielleicht habe ich Glück und ertappe den Lagerdieb in flagranti."

Dabei blieb es dann. Blabber hatte keine Einwände mehr.

Kapitel 7

Der Marktleiter verließ den Laden, kurz nachdem die Putzkolonne mit ihrer Arbeit fertig war. Die „Kolonne" bestand aus drei Ausländerinnen, wahrscheinlich Südosteuropäerinnen, von denen eine gebrochen Deutsch sprach. Zwei putzten den Fußboden, während die Dritte mit einem Lappen über das Mobiliar im Kassenbereich wischte. Sie verrichteten ihre Arbeit größtenteils schweigend, und ihr Kommen und Gehen hatte für mich etwas Unwirkliches.

Nachdem Blabber sich verabschiedet hatte, blieb ich als Einziger in dem großen Markt zurück. Nicht einmal ein Lagerarbeiter war heute da, um einen verspätet eintreffenden

LKW abzufertigen, denn es hatte sich kein Fahrer mehr für heute angesagt. Ich legte die Füße auf Blabbers Schreibtisch und döste eine Weile vor mich hin. Dann merkte ich, dass der Schlaf mich vollends zu übermannen drohte, und zog daher in den Lagerraum um, wo die Ware in Empfang genommen wurde. Das Licht ließ ich aus, damit ich niemandem vorzeitig meine Anwesenheit verriet.

Bis weit nach Mitternacht blieb alles ruhig. Ich saß im Dunkeln an eine Palette gelehnt auf dem Boden. Um mich wachzuhalten, ließ ich mir immer wieder die Informationen, die ich heute bekommen hatte, durch den Kopf gehen.

Buchhalter Schüssel hatte mir noch erzählt, wie er auf den Gedanken gekommen war, dass jemand Geld aus den Kassen verschwinden ließ. Ihm war aufgefallen, dass an manchen Tagen der Umsatz erheblich unter dem Durchschnitt lag. Immer dann gab es aber ein besonders großes Bündel Fehlbons, deren Summe in etwa diesem Differenzbetrag entsprach. Das war sicher kein zwingender Beweis, aber die Häufigkeit dieser Vorkommnisse ließ keinen anderen vernünftigen Schluss zu. Endgültige Gewissheit würde die bald stattfindende Inventur geben.

Natürlich wurden in Abständen Testkäufer an die Kassen geschickt, die das Verhalten der Kassierenden beobachten sollten, bisher jedoch ohne Erfolg.

Gegen zwei Uhr morgens weckte mich ein Motorgeräusch aus meinem Dämmerzustand. Ich lauschte angestrengt, aber es tat sich nichts mehr. Wahrscheinlich irgendein Nachtschwärmer, sagte ich mir. Ich wollte gerade wieder eine bequemere Position einnehmen, als ich plötzlich meinte, Stimmen vor der Laderampe zu hören. Ich schrak von meinem Stuhl hoch, schlich leise hinter eine Palette und presste mein Ohr an die Wand. Zwei Stimmen waren es, männliche Stimmen, soviel konnte ich hören. Zu verstehen war allerdings nichts. Sie stritten wohl, denn die Laute klangen aggressiv. Ich lauschte angestrengt und hielt den Atem an, aber jetzt war es wieder still.

Plötzlich ein Schrei, es klang überrascht oder erschrocken. Dann noch ein Schrei, diesmal voller Angst, fast panisch. Etwas Schweres klatschte dumpf auf die Laderampe vor der Lagertür. Nun war von draußen kein Laut mehr zu hören. Ich presste meinen Kopf so stark gegen die Wand, dass mein Ohr schmerzte. Meine Lippen zitterten und auf meiner Stirn bildete sich kalter Schweiß. Nichts. Ruhe.

Ich verharrte mindestens fünf Minuten regungslos auf der Stelle, aber es tat sich nichts mehr. Langsam, unendlich langsam richtete ich mich auf, ängstlich darauf bedacht, jedes Geräusch zu vermeiden. Und dann knackten, nein, krachten meine Knochen.

Augenblicklich erstarrte ich in dieser halb aufgerichteten Stellung und lauschte, ob irgendjemand auf dieses Krachen reagieren würde.

Es vergingen noch einmal fünf Minuten, bis ich es wagte, die Hand auf die Klinke zu legen, und noch einmal über zwei Minuten, bis ich die Klinke mit meiner zitternden Hand nach unten drücken konnte.

Die Tür war abgeschlossen. Das hatte ich ganz vergessen. Der Schlüssel, wo war der Schlüssel? Blabber hatte es gesagt, aber in meiner Panik schossen mir alle möglichen Gedanken durch den Kopf, ohne dass ich einen von ihnen greifen konnte.

Ich starrte Löcher in das Dunkel um mich herum. Bevor ich das Licht ausmachte, hatte ich mir die Beschaffenheit dieses Raumes genau einzuprägen versucht, aber jetzt hatte ich völlig die Orientierung verloren. Der Gedanke, dass da draußen möglicherweise ein Mörder herumlief, der einen Schlüssel zum Lagerraum besaß und sich hier drinnen bestens auskannte, brachte mich beinahe um den Verstand. Warum hatte ich nicht einmal daran gedacht, mir eine Taschenlampe mitzunehmen?

Auf einmal wurde ich mir bewusst, dass meine Lippen immer wieder dieselben Worte formten: „Reiß dich zusammen, Tim, reiß dich zusammen!" Wahrscheinlich ging das schon eine ganze Weile so, aber es war mir überhaupt nicht aufgefallen. Ich wurde tatsächlich etwas ruhiger, obwohl mir das Herz immer noch bis zum Hals schlug. Und dann wusste ich es wieder. Neben der Durchgangstür zum Markt, da hing der Schlüssel! Ich taperte an den an der Wand aufgestapelten Paletten vorbei durch den Lagerraum. Der Schlüssel befand sich direkt neben der Tür, genau wie Blabber gesagt hatte. Es gab auch einen Lichtschalter, aber ich zögerte zunächst, ihn zu betätigen, aus Angst, mich zu verraten. Also tastete ich im Dunkeln nach dem Schloss unter der Klinke.

Mittlerweile hatte ich mich soweit beruhigt, dass meine Hände nicht mehr so stark zitterten. Ich benötigte keinen zweiten Versuch, um den Schlüssel ins Schloss zu führen. Geschafft! Ich atmete noch einmal tief durch und zog die Tür mit einem Ruck auf. Nun hörte ich, wie etwas kippte, etwas Schweres, und es kippte offensichtlich genau auf mich zu. Ich konnte gerade noch zur Seite springen.

Ich brauchte jetzt unbedingt Licht. Entdeckt zu werden, musste ich wohl nicht mehr befürchten. Wer immer außer mir hier gewesen sein mochte, hatte inzwischen sicher das Weite gesucht. Denn die beste Gelegenheit, mich anzugreifen, war nun vorüber. Also suchte ich nach dem Schalter, drückte ihn und betrachtete das, was mir vor die Füße gefallen war.

Vor mir lag ein Mensch, das Gesicht bleich und blutüberströmt. Freddy Kissler.

Noch einmal holte ich tief Luft und stieg über die Leiche nach draußen auf die Rampe. Es war niemand zu sehen. Ich schaute nach oben und sah eine Neonlampe, die normalerweise für die Außenbeleuchtung sorgte, aber sie war nicht eingeschaltet. Entweder war sie schon länger defekt, oder Blabber hatte versucht zu sparen und die Lampe ausgelassen, weil heute keine Lieferung mehr erwartet wurde. Vielleicht hatte sie auch der Mörder beschädigt, um den Schutz der Dunkelheit zu gewinnen.

Ich stieg wieder über Kisslers Leiche, wunderte mich kurz darüber, dass ich dies ohne große Überwindung fertigbrachte, und ging in Blabbers Büro, um die Polizei anzurufen. Ich versprach, am Tatort zu bleiben und nichts anzurühren, und bat, nein, schrie meinen Gesprächspartner an, er möge mir ganz schnell Hilfe schicken.

Die übel zugerichtete Leiche Kisslers lag direkt auf der Schwelle der Außentür. Ich konnte mich also nicht einmal verschanzen, und wenn es dem Mörder einfallen sollte, hier hereinzuspazieren, um sich eines lästigen Zeugen zu entledigen, so konnte er das jetzt ungehindert tun.

Die nächsten Minuten verbrachte ich in einem Zustand höchster Angespanntheit, zusammengekauert hinter der Palette auf meinem Beobachtungsposten von vorhin. Die Freude, einen Polizisten zu sehen, war niemals größer gewesen, als in dem Moment, wo ein Streifenwagen vorfuhr, zwei Uniformierte ausstiegen und mich von meiner Angst erlösten.

Dann kam der Schock. Ich merkte, wie mir das Blut wegsackte. Bevor ich umkippen konnte, ging ich lieber freiwillig zu Boden und legte die Beine hoch auf einen Stuhl.

„Es geht gleich wieder", sagte ich zu dem Polizisten, der mich ein wenig irritiert und auch besorgt betrachtete, während der andere über Funk Verstärkung anforderte.

Keine fünfzehn Minuten später ging es bei Kaufdas recht lebhaft zu. Nach und nach trafen weitere Polizisten und auch Spezialisten ein, die Kisslers Leiche begutachteten, vermaßen, untersuchten, fotografierten, verpackten und schließlich abtransportierten.

Ich bekam von dieser Prozedur und der sich anschließenden Untersuchung des Tatorts glücklicherweise kaum etwas mit. Der Anblick von Kisslers eingeschlagenem Schädel saß mir noch ganz schön in den Knochen, und ich legte wahrhaftig keinen Wert darauf, ihn noch einmal zu genießen.

Plötzlich hörte ich eine Stimme, die mir sehr bekannt vorkam. Ich hatte gerade meine Aussage zu Protokoll gegeben und glaubte zunächst, meinen Ohren nicht trauen können. Allerdings gibt es nicht viele Mitarbeiter der Wiesbadener Kriminalpolizei, die so einwandfrei zu erkennen sind wie Kommissar Auguste Le Meur an seinem unverkennbaren französischen Akzent.

„Jelzin!", rief ich ihn bei seinem Spitznamen und stand auf, um dem Mann entgegenzugehen, der soeben das Büro betrat. „Du glaubst ja gar nicht, wie froh ich bin, hier ein bekanntes Gesicht zu sehen."

„Was ist passiert, Tim?" Der breitschultrige Dunkelhaarige mit dem Riesenschnauzer schüttelte mir herzlich die Hand.

Ich erzählte ihm noch einmal ausführlich all das, was ich vor Kurzem schon einmal zu Protokoll gegeben hatte.

Er sah mich ernst an und kratzte sich mit seiner linken, dreifingrigen Hand am Kopf.

„Das ist eine böse Sache, Tim", sagte er. „Mord ist immer eine böse Sache. Du siehst sehr schlecht aus, aber das ist ja auch kein Wunder.

..He, Wulf!", brüllte er plötzlich durch den Markt, was ich angesichts der geringen Zeit, die seit dem Abtransport des Toten erst verstrichen war, ein wenig pietätlos fand.

„Unser Zeuge ist sehr erschöpft. Brauchst du ihn heute noch, oder kann unser junger Freund hier heimgehen? Le Meur war selbst gerademal fünfzig, aber tatsächlich glich unsere Beziehung der zwischen Vater und Sohn oder zwischen Onkel und Neffe.

Ein Zivilbeamter schaute kurz ins Büro und meinte: „Soll morgen auf's Revier kommen. Seine Personalien haben wir ja."

Jelzin schrieb mir die Adresse und eine Büronummer auf ein Kärtchen und steckte es mir zu. „Hier nimm. Ich fahre dich nach Hause."

„Ich kann das alles immer noch nicht fassen", murmelte ich, während Jelzin den Wagen, entgegen seiner sonstigen Gewohnheit, sehr behutsam durch die Straßen lenkte.

„Ich weiß, Tim. Das geht allen Laien so, die plötzlich mit einem Mord konfrontiert werden. Da haben wir Ermittler es leichter."

Das war definitiv nicht der Moment, ihn über meine neue Ermittlungstätigkeit aufzuklären.

Kapitel 8

Ich lag auf meinem Bett und starrte die Decke an. Die Nachttischlampe brannte noch. Ich hatte es nicht gewagt, sie auszumachen, sondern nur ein Hemd um den Schirm gewickelt, um das Licht zu dämpfen. Das hielt bislang erfolgreich die schrecklichen Bilder fern, vor denen ich mich fürchtete.

Meine Gedanken konzentrierte ich auf Jelzin, dem ich diesen Spitznamen wegen der fehlenden zwei Finger an seiner linken Hand verpasst hatte, aber nicht nur deswegen. Le Meurs ganzes Wesen ähnelte einer dieser gütigen, riesenherzigen Figuren in Dostojewskis großen Romanen. Auguste Le Meur war ein unverbesserlicher Melancholiker, der an dieser Welt litt, aber nicht aufhörte, an das Gute im Menschen zu glauben. Er gehörte zu der Sorte, die sich Fotos irgendwelcher schrecklichen Ereignisse als Hintergrundbild auf den Computerbildschirm luden, nicht um sich daran zu weiden oder in einer Art von aufgesetztem Mitleid zu suhlen, sondern um vielleicht irgendwann einmal verstehen zu können, warum das passiert war. Menschliche Tragödien gingen ihm so nah, dass er keinen Abstand mehr zu ihnen gewinnen konnte.

Vielleicht lag es an meiner etwas leichtsinnigen Art, durchs Leben zu gehen, die mich ihm so sympathisch machte. Ich hatte mich aus gutem Grund seit meiner Rückkehr nach Wiesbaden noch nicht bei Le Meur gemeldet, aber ich wusste, er würde es mir nicht krummnehmen. Jelzin nannte mich oft einen liebenswerten Chaoten, das klang fast zärtlich und entsprach sicher auch zu einem großen Teil der Wahrheit, aber in Wirklichkeit war Auguste Le Meur ein viel größerer Chaot als ich.

Er lebte in der Illegalität. Seine Stelle bei der Wiesbadener Kriminalpolizei gab es eigentlich seit sechs Jahren nicht mehr. Dass sich niemand daran störte, lag an einem gemeinsamen Freund von uns, Maschine. Auguste Le Meur war vor über sieben Jahren im Rahmen eines Austauschprogramms zwischen der französischen und der deutschen Polizei nach Wiesbaden versetzt worden. Als Junggeselle ohne familiären Anhang war er dafür prädestiniert gewesen. Nachdem seine Zeit hier abgelaufen war, hatte man schlicht vergessen, ihn zurückzubeordern. Ich weiß nicht genau, was damals auf der französischen Seite gelaufen ist. In Jelzins Departement hatte es wohl irgendwelche Umstrukturierungen gegeben; sein altes Revier war aufgelöst und die ehemaligen Kollegen versetzt worden. Niemand von ihnen schien es zu kümmern, was aus Le Meur geworden war.

In Wiesbaden dagegen war man froh darüber, einen so fähigen Mann wie ihn im Team zu haben, und der Franzose war nicht abgeneigt gewesen, sich dieser abenteuerlichen Wendung seines bisherigen Beamtenlebens zu stellen und sein Leben künftig in Deutschland zu verbringen. Spätestens seit dem erfolgreichen Abschluss eines längst verloren gegebenen Mordfalles, an dessen Aufklärung Auguste Le Meur maßgeblich beteiligt gewesen war, mochte ihn keiner mehr ziehen lassen.

Natürlich muss auch ein Kommissar im Exil von etwas leben, und diese Frage stellte sich umso dringender, als die Bezüge aus Frankreich eines Tages ausgeblieben waren. Zu der Zeit war Jelzin, dessen zweite große Leidenschaft neben dem unmäßigen Genuss tiefschwarzen Kaffees die Computertechnologie war, einem von Maschines Schläfern auf die Spur gekommen.

Maschine war ein alter Freund von mir, der Spielsucht verfallen, aber sonst, zumindest vor seiner Existenz als Cyborg, ein Mensch wie du und ich gewesen. Heute nannte ihn niemand mehr bei seinem Taufnamen. Irgendwann hatte er sich auf Hinterzimmerpoker eingelassen und war, als er einmal seine Spielschulden nicht bezahlen konnte, von einem Schuldeneintreiber derart übel zusammengeschlagen worden, dass er nach unzähligen Operationen neben einem künstlichen Auge bald mehr Metallplatten und künstliche Organe als biologisches Material in seinem Körper versammelte. An seinen Rollstuhl gefesselt, mit dem er kaum ein Dutzend Mal im Jahr seine Wohnung verließ, hatte Maschine für sich das System der virtuellen Fortbewegung erfunden.

Angefangen hatte alles lange vor seiner Existenz als Maschine, mit einem harmlosen Studentenulk. Schon als Schüler hatte es ihm unheimlich viel Spaß bereitet, sich ins Schulsekretariat zu schleichen und dort heimlich Karteikarten für nicht-existente Schüler anzulegen. Während der Volkszählung 1987 war Maschine einer der Ersten gewesen, die sich beim Statistischen Bundesamt als Helfer hatten anheuern lassen.

Noch heute schwärmte er davon, dass dies der Durchbruch für sein Konzept der virtuellen Fortbewegung gewesen war, von der er sich damals nicht im Traum hatte vorstellen können, wie sehr er sie in seinem späteren Leben noch einmal brauchen würde.

Mit unbändiger Begeisterung hatte Maschine sich in seine Aufgabe als Volkszähler gestürzt und Fragebogen um Fragebogen ausgefüllt, Vertreter aller möglichen Berufsgruppen und Familien in allen möglichen Größenordnungen erfunden.

Bald wusste er selbst nicht mehr, was er sich wo alles zusammengereimt hatte. Es wurde höchste Zeit, die Sache systematisch anzugehen, und so legte Maschine sich eine Datenbank an, in der er die Schläfer, wie er seine Phantasiegeschöpfe nannte, fein säuberlich registrierte. Neben dem Spaß an dem Schabernack bereitete es Maschine zusätzlich Freude, dass er für seine Eulenspiegelei auch noch von denen bezahlt wurde, auf deren Kosten er sich diesen Streich leistete.

Wo er schon einmal da war – es ist nicht leicht, so ohne Weiteres in das Statistische Bundesamt Einlass zu bekommen – nutzte Maschine die Gelegenheit, für sich unter einem falschen Namen eine Personalakte anzulegen. Dabei versäumte er nicht, die Daten an die zuständige Kostenstelle weiterzuleiten, um sich so seine monatlichen Bezüge als Beamter im mittleren Dienst zu sichern, inklusive einer automatisch alle zwei Jahre fälligen Gehaltserhöhung.

Nach mehreren Überweisungen auf verschiedene Bankkonten auch in andere Länder und bis auf die Cayman Islands, landete der angewiesene Betrag dann irgendwann auf seinem eigenen Konto. Maschine hätte so sein sorgenfreies Leben mit gesicherten Einkünften führen können, wäre er nicht der Spielsucht verfallen und hätte er dafür nicht so bitter bezahlen müssen.

Nach mehrjähriger akribischer Arbeit waren Maschines Schläfer überall in der gesamten Stadt verteilt. Die meisten von ihnen auf Meldekarten in Schulen und Behörden, manche aber auch mit Zugang zu sensibleren Institutionen wie der Wehrbereichsverwaltung am Moltkering, natürlich nicht nur in den unteren Räumen, sondern auch (und gerade) im oberen Stockwerk, dort, wo sich die Offizierskantine mit den Ledersesseln und dem tollen Ausblick über ganz Wiesbaden befindet.

Von einigen ausgesuchten Ämtern ließ sich Maschine also ein monatliches Gehalt überweisen; das nach einigen Umwegen, die einzig der Verschleierung dienten, in seine Hände gelangte. So war es ihm gelungen, sich Einnahmen zu verschaffen, nachdem er arbeitsunfähig geworden war. Das Geld brachte er dann wieder unter die Leute, indem er sich stets die neuesten elektronischen Errungenschaften anschaffte. Einen Großteil spendete er auch. Meist für ökologische Projekte wie den Erhalt der Regenwälder.

Bei Bedarf konnte man von Maschine einen Schläfer mieten, sich in der jeweiligen Institution unter dem eingetragenen Namen bewegen und manchmal schaffte man es sogar, einen internen Ausweis zu ergattern, um weitere Zugangsberechtigungen zu erhalten. Maschine nannte diese Methoden sein System der virtuellen Präsenz oder eben auch der virtuellen Fortbewegung.

Dann war jedoch Jelzin eines Tages im Bundeskriminalamt auf einen von Maschines Schläfern gestoßen, und zwar genau zu der Zeit, als die Gehaltszahlungen aus Frankreich eingestellt worden waren. Le Meur hatte die Spur des Schläfers über mehrere Wochen hinweg hartnäckig verfolgt und war schließlich auf Maschine selbst getroffen. Auguste Le Meur hatte Maschine nicht verhaftet und auch nicht angezeigt. Er war ganz von selbst auf den Cyborg gestoßen und fand, dass er die Sache auch allein zu Ende bringen konnte.

Jelzin und Maschine waren von Anfang an ein Herz und eine Seele, zwei wesensverwandte Naturen, die an demselben diffusen Schmerz litten, einem Gefühl ewiger Heimatlosigkeit, das von Zeit zu Zeit in ihnen aufbrach und sie in tiefe Depressionen stürzte. Sie konnten sich damit auch gegenseitig anstecken, dann machte man besser, dass man fortkam. Diese geballte Melancholie war einfach nicht zu ertragen. Vor allem dann nicht, wenn sie stundenlang beisammensaßen, sich das Requiem von Mozart reinzogen und dazu im Takt Trübsal bliesen.

Beide waren schnell darin übereingekommen, dass Maschine die enttarnte Schläferkartei auf Auguste Le Meur umschrieb, Jelzin künftig die Bezüge kassieren und Maschine im Gegenzug dafür unbehelligt bleiben würde. Diese Übereinkunft hatte nichts, aber auch gar nichts, mit Zwang oder Erpressung gemein, wie man vielleicht auf den ersten Blick annehmen könnte, sondern basierte auf völliger Freiwilligkeit, begründet in dem tiefen Respekt der beiden voreinander.

Ich war schon lange mit Maschine befreundet gewesen, als Jelzin dazustieß. Ich staunte natürlich nicht schlecht, als mir der Cyborg den Franzosen vorstellte und erklärte, dass Le Meur für die Polizei arbeite. Mir imponierte Augustes souveräne Art, und er hatte wohl bald einen Narren an mir gefressen.

In den guten Zeiten unternahmen wir viel gemeinsam. Oft fuhren wir raus ins Grüne und ließen Drachen steigen. Maschine und Jelzin hatten ihren Spaß, die Fluggeräte mit immer neuen Gimmicks zu versehen. Wenn wir unter uns waren, experimentierten wir gelegentlich mit diversen Sprengstoffen, wobei sich unser Polizeifreund besonders einfallsreich zeigte. Allerdings war er auch trotz hartnäckiger Nachfragen von Maschine und mir nicht bereit zu erklären, ob der Verlust seiner beiden Finger in irgendeinem Zusammenhang mit seiner Erfahrung in Sachen Dynamit stand.

Unsere Beziehung gestaltete sich jedoch nach einiger Zeit problematisch, als ich den Eindruck bekam, dass er sich zu sehr in mein Leben drängte. In der festen Überzeugung, zu wissen, was gut für mich sei, wollte Auguste mich davor bewahren, Dummheiten zu begehen, oder das, was er dafür hielt. Seine Ratschläge wurden zu Vorschriften, seine Tipps zu Vorhaltungen.

Maschine kam mit Le Meurs überväterlichem Zug besser klar als ich. Wenn es dem Cyborg zu viel wurde, hielt er sich Jelzin einfach durch einige pampige Bemerkungen vom Hals und machte einfach weiter wie bisher. Der Franzose kapierte dann meist recht schnell, dass er zu weit gegangen war, und zog sich zurück. Ich bekam das leider nicht so gut hin und machte mich lieber rar, wenn mir Jelzin zu sehr auf die Nerven ging. Damit kam ich jedoch bei Le Meur nicht durch. Im Gegenteil, je mehr ich die Distanz zu ihm suchte, desto heftiger fing der große Franzose an zu klammern. Irgendwann machte er es sich zur Gewohnheit, täglich in seiner Mittagspause bei mir aufzutauchen. Als Langschläfer, der ich war, empfing ich ihn manchmal noch im Schlafanzug.

„Wie lange soll das mit dir noch so gehen?", meinte er dann. „Wird Zeit, dass du dir einen Job suchst und dein Leben in den Griff bekommst."

„Wenn du nur kommst, um mir Vorhaltungen zu machen, kannst du auch draußen bleiben", lautete meine Antwort.

Tatsächlich ließ ich Le Meur am nächsten Mittag vor verschlossener Tür stehen. Aber er gab nicht auf. Tags drauf schaute er wieder vorbei, erwähnte zwar mit keinem Wort unseren Disput, aber sein Blick sprach Bände. Fortan hatte ich ein schlechtes Gewissen, wenn ich ihm im Schlafanzug öffnete.

Das Angebot meiner Ex-Freundin Susanne, zu ihr aufs Land zu ziehen und dort im elterlichen Betrieb mitzuarbeiten, kam mir zu dieser Zeit wie gerufen. Ich glaubte, mich dem Zugriff Jelzins nur entziehen zu können, indem ich die räumliche Distanz zwischen uns vergrößerte. In Wiesbaden liefen wir uns doch immer wieder über den Weg. So tauschte ich eine Abhängigkeit gegen die andere ein und geriet vom Regen in die Traufe.

Es hatte noch einen zweiten Grund für mich gegeben, Susannes Angebot anzunehmen, der mindestens genau so schwer wog. Die Depressionen des Cyborgs hatten mit der Zeit ein derartiges Ausmaß angenommen, dass sie meine Psyche belasteten. War Jelzin dabei und verfiel er in denselben Gemütszustand wie Maschine, war es nicht auszuhalten. Die Atmosphäre im Raum war dann von einer derart schweren Hoffnungslosigkeit erfüllt, dass mir die Luft zum Atmen knapp wurde.

Jelzin war verzweifelt, weil Maschine sich als absolut resistent gegen alle Versuche zeigte, ihn aufzuheitern, sodass er schließlich selbst trübsinnig herumsaß. Wenn die beiden aber diese Atmosphäre von Hoffnungslosigkeit verbreiteten, war es nicht zum Aushalten. Ich zog mich mehr und mehr von meinen einzigen Freunden zurück, fühlte mich verloren.

Da mich hier nichts mehr hielt, zog ich zu Susannes Familie. So nahm ich in Kauf, von einer Abhängigkeit in die nächste zu geraten.

Vier Jahre lang hatte ich auf dem Land gewohnt. Nach Wiesbaden war ich erst vor wenigen Wochen zurückgekehrt. Wie bei Jelzin hatte ich mich auch bei Maschine seit meiner Rückkehr in die Stadt noch nicht gemeldet. Ich hatte es, ehrlich gesagt, auch nicht vorgehabt. Aber wie es aussah, waren wir drei noch nicht fertig miteinander.

Kapitel 9

Die Morgendämmerung kam herauf und langsam wurden meine Lider schwer. In meinem Dämmerzustand stiegen Bilder in mir hoch und vermischten sich. Maschine, der zum Krüppel geschlagen wurde, weil er seine Spielschulden nicht rechtzeitig bezahlt hatte; Freddy Kissler, dessen Leichnam mir entgegenfiel, die eingeschlagene Schädelseite mir zugewandt; Jelzin, der an eine Figur aus einem Dostojewskiroman erinnerte; der russische Autor selbst, wie er auf einer Bank im Kurpark oder am Warmen Damm saß, den Schreibblock auf den Knien, und *Der Spieler* schrieb. Eine fromme Legende, die sich so kaum abgespielt haben dürfte. Ich kannte eine andere Version. Derzufolge verspielte Dostojewski im Sommer 1865 den Vorschuss, den er von seinem Verleger erhalten hatte. Unter dem Druck von Stellowskis Forderung, bis zum ersten November 1866 ein neues Manuskript vorzulegen, diktierte Dostojewski der Stenografin Anna Grigorjewna, seiner späteren Ehefrau, den Roman: *Der Spieler,* der dann 1867 erschien. Kissler, Jelzin, Maschine, Dostojewski – als ich aufwachte, stand die Sonne bereits hoch am Himmel.

Auf dem Polizeirevier traf ich Le Meur nicht, anscheinend hatte er anderweitig zu tun. Es war mir nicht unlieb, die Sache hier ohne Jelzin hinter mich zu bringen. Seine Fürsorge würde mir einfach zu sehr auf die Nerven gehen. Das könnte mich verführen, ihm, der gesamten Welt und vor allem mir selbst, unbedingt meine Selbstständigkeit beweisen zu wollen. Albern, gewiss, aber mir fehlten die Gelassenheit und das Selbstbewusstsein, es lassen zu können.

Ich argwöhnte, dass Jelzin den diensthabenden Beamten angewiesen hatte, äußerst behutsam mit mir umzugehen. Das machte mich aggressiv und ich verhielt mich entsprechend provokant, bemüht, mein Gegenüber aus der Reserve zu locken. Der ließ sich jedoch nicht aus der Fassung bringen, blieb cool und hielt mich auf Distanz. So meine eigene Unreife vorgeführt bekommen zu haben, verließ ich das Revier entsprechend frustriert.

Da ich nicht wusste, was ich heute noch anfangen sollte, steuerte ich den Kaufdas Markt an. Für die Aufklärung der Vorkommnisse dort, die zu Kisslers Tod geführt hatten, war jetzt zwar die Polizei verantwortlich, aber ich konnte meinen Fall nicht so einfach aus der Hand geben. Außerdem interessierte es mich zu erfahren, ob Freddy Kissler mittlerweile vielleicht doch eine Verstrickung in die Unterschlagungen hatte nachgewiesen werden können. Was hatte er sonst um diese Zeit auf der Laderampe zu suchen gehabt? Ich war so von seiner Unschuld überzeugt gewesen, dass es mir auch jetzt noch schwerfiel, an seine Schuld zu glauben.

Eine andere Erklärung für Kisslers Anwesenheit wäre natürlich, dass er von seinem Mörder zum Kaufdas gelockt worden war. Aber womit? Und wer sollte dieser Mörder sein? Mir fiel ein, dass auch Oswald Blabber, genau wie Kissler, eine Kopfwunde beigebracht worden war, allerdings keine tödliche. Von wem? Handelte es sich überhaupt um ein und denselben Täter?

Im Großmarkt empfing mich Buchhalter Schüssel und erklärte mir, dass Blabber heute nicht zur Arbeit gekommen sei. Ich fiel aus allen Wolken.

„Hat ihn die Polizei nicht vernommen oder weiß er noch gar nichts von Herrn Kisslers Ermordung?"

„Doch, doch, natürlich. Der Kommissar hat ihn heute Morgen zu Hause angerufen, aber Herr Blabber war leider nicht in der Lage, hierher zu kommen."

„Und warum nicht?", fragte ich knapp und unwirsch.

Schüssel wand sich. „Ich weiß nicht, ob ich Ihnen das sagen darf. Immerhin ist das ja jetzt alles Sache der Polizei."

„Nun machen Sie schon." Ich merkte, wie mir das Blut zu Kopfe stieg. Ich stand mächtig unter Dampf, und Schüssel würde eine prächtige Zielscheibe für meine Aggressionen abgeben.

Der Buchhalter ließ sich jedoch nicht beeindrucken. Meine Unterredung mit dem abgeklärten Polizisten von vorhin fiel mir ein. Ich erkannte, dass ich auch gegen Schüssel nur verlieren konnte, wenn ich jetzt die Beherrschung verlor, und zügelte mich daher zähneknirschend.

„Geben Sie mir bitte Herrn Blabbers Privatnummer. Ich werde ihn daheim anrufen und selbst mit ihm reden."

„Ich weiß nicht, ob ich ...", begann Schüssel wieder, aber inzwischen war ich so weit, dass mir wirklich alles egal war, unter anderem auch, ob ich mir von einem gewissen Buchhalter eine Anzeige wegen Körperverletzung einfing. Schüssel schien das zu bemerken, denn er wich unwillkürlich einen Schritt zurück.

„Jetzt hören Sie mir bitte genau zu", zischte ich wütend. „Wenn Herr Blabber nicht zufällig eine Geheimnummer hat, was ich nicht annehme, dann kann ich die Nummer im Telefonbuch nachschlagen oder sie mir von der Auskunft sagen lassen. Es gibt also wahrhaftig keinen Grund, warum Sie nicht so freundlich sein sollten, mir diese Mühe zu ersparen!"

Mit versteinerter Miene notierte Schüssel Blabbers Nummer auf einen Zettel, den er mir wortlos überreichte. Ich nahm das Papier ebenso schweigend entgegen und verließ das Büro.

Im Markt ging alles seinen gewohnten Gang. Der Betrieb war nicht unterbrochen worden. Offenbar musste die Polizei hier keine weiteren Untersuchungen mehr durchführen. Die Szene wirkte auf mich sehr unwirklich, mehr noch, bizarr. Ein Mensch, ein Angestellter dieses Marktes, war vor nicht einmal fünfzehn Stunden an diesem Ort ermordet worden, aber das schien keinen der hier Anwesenden zu interessieren.

Die Kunden schoben wie gehabt ihre Einkaufswagen durch die Gänge und an der Wursttheke wurden auch heute Stücke blutigroten Fleisches präsentiert. Ich musste schnell den Kopf wegdrehen, um dem in mir aufkeimenden Brechreiz keine Nahrung zu geben.

Ich petzte die Augen zusammen, um das Bild von Kisslers eingeschlagenem Schädel zu verscheuchen. Als ich sie wieder öffnete, sah ich Blabbers Lieblingsopfer, die Verkäuferin, der ich bei meinem ersten Ladenbesuch die Notiz für Kissler gegeben hatte. Es schien ihr nicht sehr gut zu gehen. Sie sah schlecht aus, richtig verheult. Ich ging auf sie zu und wollte sie ansprechen, aber die junge Frau hatte mich bereits erkannt und kam mir zuvor.

„Was wollen Sie?", fragte sie. Ihre Stimme zitterte und ihre Augen spiegelten Abwehr.

„Freddy kann ich nichts mehr von Ihnen ausrichten." Nicht mehr lange, und sie würde losweinen.

„Ich weiß", sagte ich leise. „Ich war es, der Freddy gefunden und die Polizei gerufen hat."

„Sie?" Zuerst lag Skepsis in ihrem Blick, aber dann las sie wohl in meinem Gesicht, dass mich der Tod ihres Kollegen tatsächlich berührte, und ihre Gesichtszüge wurden weicher.

Bevor ich weitersprach, überlegte ich kurz, ob ich wohl den Zusatz: *Diskretion Ehrensache* in meiner Anzeige künftig würde streichen müssen. Ach, was soll's, dachte ich. Blabber würde ab heute nicht mehr mein Auftraggeber sein, denn die ganze Angelegenheit war zu einem ausgewachsenen Kriminalfall geworden. Lust auf neue Klienten hatte ich momentan auch keine, und die Schrammen an meinen Knien waren so gut wie verheilt. Noch ein, zwei Tage und ich konnte mich wieder in Sigrids Fotostudio sehen lassen.

„Vielleicht sollte ich Ihnen erklären, was ich mit der ganzen Sache zu tun habe", begann ich. „Ihr Chef, Herr Blabber, hatte mich engagiert, um Freddy zu beschatten."

„Freddy beschatten, aber warum denn?" Ihre Augen drückten jetzt blankes Unverständnis aus.

Ich zögerte kurz, bevor ich antwortete. „Angeblich soll er Geld und Waren veruntreut haben."

„Freddy?!" Ihre Stimme klang so laut und hysterisch, dass ich unwillkürlich den Finger auf meine Lippen legte und mich einigermaßen beunruhigt umsah. Zum Glück befand sich gerade niemand in der Nähe.

„Vielleicht ist es besser, wenn wir uns nach Feierabend weiter unterhalten", meinte ich.

„In Ordnung", willigte sie ein, aber dann kehrte plötzlich ihr altes Misstrauen zurück.

„Moment mal. Mit Freddy wollten Sie sich doch auch nach Feierabend treffen, und jetzt ist er tot."

Zuerst wollte ich aufbrausen, erkannte dann aber, dass sie, von ihrer Warte aus gesehen, durchaus Recht hatte, mir gegenüber vorsichtig zu sein.

„Ich warte ab acht in dem Café schräg gegenüber vom Hauptbahnhof", sagte ich. „Wissen Sie, ich habe mich schon sehr häufig mit Menschen getroffen, die das alle überlebt haben. So was wie mit Freddy ist mir wirklich zum ersten Mal passiert. Wenn Sie bis neun nicht im Café sind, weiß ich, dass Sie nicht mit mir reden wollen." Damit ließ ich sie stehen.

Am Ausgang lief ich direkt in Jelzins Arme.

„Tim, was machst du denn hier?", begrüßte er mich. „Ich konnte dich leider nicht auf dem Revier treffen. Ist alles glattgegangen?" Le Meur sah über die Schulter zurück zu den Kassen und blickte mich dann erstaunt an.

„Du warst hier doch nicht etwa einkaufen?"

„Warum denn nicht?", entgegnete ich lahm. Jelzin sah mich prüfend an. Er spürte gewiss, dass er mir auf die Nerven ging, und lächelte mir trotzdem freundlich zu, worauf ich prompt ein schlechtes Gewissen bekam und noch ärgerlicher wurde.

„Ich habe gerade erfahren, dass Blabber heute nicht zur Arbeit gekommen ist", sagte ich, um das Thema zu wechseln.

„Das stimmt. Er wurde vor seinem Haus zusammengeschlagen."

„Was sagst du da?" Ich konnte es nicht fassen. „Wann ist das passiert?"

„Blabber sagte, irgendwann nach Mitternacht. Er hatte längere Zeit nicht auf die Uhr gesehen."

Ich begann zu zittern, war fieberhaft erregt.

„Was, wenn er mit Kissler gekämpft und dabei einiges abbekommen hat?"

Jelzin schüttelte den Kopf. „Nein, Tim. Dann hätte man bei Kisslers Leiche entsprechende Spuren finden müssen. Kissler hatte keine Chance, zu kämpfen. Er ist heimtückisch von hinten erschlagen worden. Mit einem schweren stumpfen Gegenstand, wie es so schön in unseren Berichten heißt. Den Spuren nach zu urteilen wahrscheinlich aus Metall. Die Tatwaffe ist verschwunden. Der Mörder wird sie mitgenommen haben. Die Schläge sind mit großer Wucht geführt worden. Möglicherweise war Kissler nach dem ersten Hieb bereits ohnmächtig."

„Armer Kerl", murmelte ich. Ich wollte jetzt allein sein und vor allem wollte ich Jelzin loswerden. Es war ihm gegenüber unfair, aber ich konnte mich nicht verstellen. Dazu fehlte mir heute einfach die Kraft. Ich verabschiedete mich unter dem Vorwand, noch eine dringende Besorgung machen zu müssen, und eilte davon. Auf meinen Freund musste mein Abgang wie eine Flucht wirken. Ich wusste aber, Jelzin würde es mir nicht nachtragen und mein Verhalten den Ereignissen der vergangenen Nacht zuschreiben.

Es waren noch einige Stunden hin bis zu meiner Verabredung mit Freddys Kollegin. Von einer Telefonzelle aus rief ich Oswald Blabber an. Seine Stimme klang spröde, als er sich meldete, aber es war ihr nicht anzumerken, ob sie zu jemandem gehörte, der schwer verletzt worden war. Ich hielt es für klüger, Blabber gegenüber nicht zu erwähnen, dass ich über den erneuten Überfall auf ihn Bescheid wusste. Daher gab ich mich zunächst betont freundlich und harmlos.

„Vielleicht wollten Sie mich noch einmal sprechen, bevor ich mich von Ihnen verabschiede, Herr Blabber. Der Fall ist ja nun, was mich betrifft, abgeschlossen."

„Und ob der Fall abgeschlossen ist", brummte der Marktleiter. „Ich hatte es ja von Anfang an gesagt."

„Gesagt, was denn, dass Ihr Lagerarbeiter umgebracht wird?" Soviel zu meiner harmlosen Freundlichkeit.

„Quatsch", brummte Blabber. „Dass Kissler ein Dieb und ein Hehler ist."

Etwas in seiner Stimme ließ mich aufhorchen. „Gibt es denn dafür jetzt handfeste Beweise?"

„Natürlich. Man hat doch den Nachschlüssel bei Kissler gefunden."

„Den Nachschlüssel vom Warenlager?"

„Wofür denn sonst!", blaffte der Marktleiter. „Entschuldigen Sie, aber es geht mir heute nicht so besonders. Ich habe sehr starke Kopfschmerzen, Migräne, sie verstehen." Ich verstand, dass Blabber mich anlog, aber das behielt ich für mich.

„Was den Auftrag betrifft, so wollte ich mich nur vergewissern, dass er beendet ist. Möchten Sie vielleicht einen Abschlussbericht?"

„Nein, nein, das ist nicht nötig. Ich danke ihnen für Ihre Arbeit und werde Sie weiterempfehlen. Ihr Honorar haben Sie ja schon bekommen."

Ich verabschiedete mich und legte auf, verwirrt darüber, dass Blabber mich angelogen hatte. Warum hatte er das getan? Warum verschwieg er mir, dass er zusammengeschlagen worden war? Er war immerhin offenherzig genug, mir von dem Nachschlüssel zu erzählen, der bei Kissler gefunden worden war. Mir kam der Verdacht, dass Blabber über den Lagerarbeiter nur das erzählte, was diesen belastete. Dazu hätte ein Angriff auf den Chef doch wunderbar gepasst. Von Anfang an hatte der Marktleiter mich dazu bringen wollen, Kissler als den Hauptverdächtigen anzusehen. Wenn Blabber dieser Strategie treu blieb, konnte das nur bedeuten, dass er genau wusste, dass Kissler nicht derjenige gewesen war, der ihn zusammenschlagen hatte. Ich gratulierte mir zu diesem logischen Schluss, musste mir aber im nächsten Moment eingestehen, dass ich damit jetzt nicht mehr allzu viel anfangen konnte.

Pünktlich um acht am Abend lungerte ich an einem kleinen Tisch am Fenster des Eiscafés und glotzte stumpf durch die Scheibe zu den voll besetzten Tischen nach draußen. Einigen Jugendlichen bot ich auf diese Weise eine etwas amüsan-

71

te Unterhaltung, denn sie deuteten ungeniert mit dem Finger auf mich und lachten.

„Warten Sie noch auf jemand anderes?"

Mein Blick musste mit der Zeit etwas Leeres bekommen haben. Jedenfalls hatte ich die Verkäuferin nicht bemerkt. Obwohl sie ihr dunkelblondes Haar wie auf der Arbeit zu einem Pferdeschwanz zusammengebunden hatte, erkannte ich sie nicht sofort wieder. Es lag wohl daran, dass sie anstelle ihres blauen Arbeitskittels ein cremefarbenes T-Shirt und dazu eine helle Hose trug. Ich sah sie also zum ersten Mal in ihrer Freizeitkleidung und bestaunte ungeniert ihre muskulösen Oberarme.

„Kommt vom Hanteltraining", kommentierte sie knapp und fügte ein schnippisches: „Was dagegen?" hinzu.

Ich murmelte eine Entschuldigung und bat sie, Platz zu nehmen.

„Ich heiße übrigens Tim Strecker", sagte ich. „Wenn Sie darauf bestehen, kann ich Ihnen meinen Ausweis zeigen, zu Ihrer Sicherheit, meine ich."

„Ja bitte."

„Wie?"

„Ihren Ausweis, ich möchte ihn sehen."

Darauf war ich nicht vorbereitet gewesen. Hoffentlich hatte ich den Pass dabei, sonst saß ich jetzt schön in der Tinte. Ich durchsuchte meine Taschen und fand ihn nicht. Ich suchte ein zweites Mal und fand den Ausweis immer noch nicht. Ich schüttete den Inhalt auf den kleinen Tisch und wunderte mich, was in eine Geldbörse so alles hineinpasste. Meine Verkehrsverbundkarte, ein paar zusätzliche Einzelfahrscheine, eine Quittung von der Reinigung (hatte ich die Kleidung immer noch nicht abgeholt, was hatte ich überhaupt hingebracht?), eine Zehneuronote (schnell her damit, die brauchte ich noch); ein Zettel, auf dem ein Datum stand (auweia, den Termin hatte ich völlig vergessen, aber jetzt war es zu spät), einige Einkaufsbons (die konnte ich vielleicht für meine Steuererklärung gebrauchen, falls mein Unternehmen wider Erwarten doch noch florieren sollte, also zurück damit ins Portemonnaie). Was wollte ich gerade? Ach ja, kein Personalausweis – und der Wohnungsschlüssel war auch nicht da. Ich hüstelte.

„Tja." Sie machte keine Anstalten, mir aus der Patsche zu helfen. Ich konnte es ihr nicht verübeln.

„Was ist denn nun mit dem Ausweis?"

„Ich muss ihn wohl daheim vergessen haben", murmelte ich.

„Ihr Führerschein reicht mir auch."

„Vielen Dank für Ihr Entgegenkommen, aber ich habe keinen."

„Eingezogen worden?" Ich registrierte erleichtert, dass sie sitzengeblieben war.

„Nie einen gemacht."

„Ach so." Sie bestellte ein Eis und ein Mineralwasser und lehnte sich entspannt zurück.

„Sie bleiben?"

„Ich denke, ich kann dir trauen. Hier im Café wirst du mich nicht gerade niedermetzeln, und außerdem habe ich in irgendeiner Studie mal gelesen, dass die wirklich gefährlichen Verbrecher um Unauffälligkeit bemüht sind und sich hinter einer Fassade aus Normalität verstecken."

Ich dachte darüber nach, was sie gerade eben gesagt hatte, und begriff, dass die Botschaft im Klartext besagte, dass sie mich für einen Verrückten mit auffälligen Macken hielt. Ich sah stirnrunzelnd zu ihr hinüber, aber sie blieb locker. Wahrscheinlich verdankte sie ihre Gelassenheit dem unerschütterlichen Bewusstsein, Recht zu haben.

„Wir können gerne beim Du bleiben", meinte ich daher nur. „Wie heißt du eigentlich?"

„Katrin." Die Serviererin brachte das Bestellte, und Katrin löffelte genüsslich von ihrem Eis. „Du kannst ruhig loslegen", meinte sie zwischendurch. „Ich höre dir zu. Wie kam es, dass du Freddy als Erster gefunden hast?"

Ich erzählte noch einmal, wie und warum Blabber mich engagiert hatte, und endete mit dem Bericht über die Geschenisse der vergangenen Nacht. Dabei wurde mir bewusst, wie tief mir diese Geschichte noch in den Knochen steckte. Zwischendurch verschlug es mir regelrecht den Atem. Ich stotterte und musste zwei Mal neu ansetzen. Selbstverständlich ersparte ich Katrin Details wie die Schilderung von Kisslers eingeschlagenem Schädel, aber dieses Bild tauchte unwillkürlich in mir auf. Vielleicht sprang das Grauen, das mich erfüllte, auch ohne Worte auf sie über, denn Katrin legte ihren Löffel beiseite und hörte mir mit starrer Miene bis zum Schluss zu. Dann schwiegen wir beide fast eine ganze Minute, sahen uns an, wandten die Blicke voneinander ab und schauten uns wieder ins Gesicht. Schließlich meinte Katrin: „Freddy und Waren verschieben, völliger Blödsinn."

„Wieso nicht? Kanntest du ihn so gut, dass du für ihn die Hand ins Feuer legen würdest?"

„Ja." Das kam sehr bestimmt und Katrin meinte es auch so. Sie hielt keine weitere Erklärung für notwendig.

„Es spricht einiges dagegen."

„Das glaube ich nicht."

„Zumindest hatte er ein Motiv. Blabber erzählte mir, dass Freddy ihm ständig mit irgendwelchen Forderungen, auch nach mehr Gehalt, in den Ohren gelegen hat. Könnte es nicht sein, dass Freddy, nachdem er ständig abgewiesen wurde, irgendwann beschloss, sich auf andere Weise schadlos zu halten?"

„Niemals."

„Was macht dich so sicher? Vielleicht war Freddy nicht habgierig, aber Rachsucht ist auch ein gutes Motiv, oder?"

„Jetzt hör mir mal zu", sagte Katrin ernst, wobei sie mit ihrem Eislöffel auf meine Brust zielte. „Freddy war der Einzige von den Kollegen, der nicht nur an sich gedacht hat. Seine Forderungen waren durchweg berechtigt, aber er hätte sich niemals auf eigene Faust Recht verschafft. Freddy war mit Leib und Seele Gewerkschaftler. Von Einzelaktionen hielt er überhaupt nichts."

Ich befühlte unwillkürlich meine Nase. Glücklicherweise schmerzte sie nicht mehr, und die Schwellung war mittlerweile auch fast völlig zurückgegangen.

„Hättest du ihm zugetraut, dass er Blabber zusammenschlägt?"

Katrin lachte auf. „Freddy? Nein. Er war manchmal ganz schön sauer auf den Chef, aber Freddy wusste sehr genau, dass Blabber nur nach einem Vorwand suchte, um ihn loszuwerden. Also passte er auf und hielt sich genau an die Gesetze und Vorschriften. Das forderte er allerdings auch von anderen ein, besonders von Blabber."

„Hat Blabber denn Vorschriften oder gar Gesetze gebrochen?"

Sie zuckte die Schultern. „Nur das Übliche, wahrscheinlich."

„Geht das auch konkret?"

„Na ja. Da gibt es eben die Kleinigkeiten, mit denen es der Arbeitgeber nicht so genau nimmt, damit er auf Kosten des Personals sparen kann. Ich will dir mal ein paar Beispiele nennen." Sie nippte an ihrem Mineralwasser und lehnte sich zurück. „Also pass auf. Der Beschiss fängt bereits bei der Bezahlung an. Du wirst als Verkäufer oder Verkäuferin angestellt und gehörst damit zur Leichtlohngruppe. Gleichzeitig sollst du aber einen bestimmten Warenbereich betreuen, das heißt, immer dafür sorgen, dass genügend Ware vorhanden ist. Du machst also die Bestellungen, überwachst den Bestand, reklamierst, verhandelst vielleicht sogar mit Vertretern und so weiter. Kurz, du leistest qualifiziertere Arbeiten, wirst aber nicht entsprechend bezahlt."

Sie schaute mich prüfend an, ob ich ihr folgen konnte. Ich nickte zur Bestätigung.

„Wenn dir das nicht gefällt und du zum Chef sagst, dass du für die selbstständige Betreuung eines eigenen Aufgabenbereichs die dir zustehende Entlohnung möchtest, erklärt dir dein Boss mit ernster Miene, dass du keineswegs deine Arbeit selbstständig erledigst und das aus folgendem Grund: Unter alle Bestellungen, die du ausschreibst, macht dein Chef ein Häkchen oder setzt sein Namenskürzel drunter, oft ohne sich deine Bestellung überhaupt richtig anzusehen. Aber diese eine Unterschrift genügt dem Arbeitgeber als Rechtfertigung, um dich weiterhin niedriger bezahlen zu können. Dass du trotzdem runtergemacht wirst, wenn etwas nicht klappt, wie es soll, in der Regel von deinem eigenen Filialleiter, der angeblich die Verantwortung für alles hat, steht auf einem ganz anderen Blatt!"

Katrin hatte sich in Rage geredet. Ihre Augen blitzten vor Zorn. „Dann die Sache mit der Arbeitszeit und den Pausen. Offiziell sind die Geschäftszeiten deine Arbeitszeit, aber bis du aus dem Laden rauskommst, geht noch einmal eine Viertelstunde drauf. Mindestens. Morgens sollst du auch früher kommen, damit pünktlich geöffnet werden kann, klar. Zahlen tut dir das keiner. Die Frühstückspause soll jeder nehmen, wie es gerade passt. Wenn es aber gerade nicht passt, weil es hektisch zugeht, fällt die Pause halt unter den Tisch. Pech gehabt. Wehe aber, du versuchst von jemandem im Büro während der dort natürlich extra geregelten Pausenzeiten eine Auskunft zu bekommen. Zum Beispiel von Schüssel, weil etwas mit deiner Gehaltsabrechnung nicht stimmt. Was du dir dann anhören kannst!"

Katrin war jetzt so wütend, dass sich rote Flecken auf ihren Wangen bildeten. Wütend genug, um Blabber zu verdreschen? Stark genug war sie auf jeden Fall.

Falsche Fährte Strecker, warnte mein detektivisches Kombinationsvermögen. Zu der Zeit, als Blabber im Bus attackiert worden war, hatte ich Katrin im Markt gesehen. Blieben nur der große Unbekannte oder eben doch Kissler. Und wenn Blabber den Überfall selbst inszeniert hatte? Aber aus welchem Grund? Sich selbst eine Platzwunde zuzufügen, war zwar schmerzhaft, aber durchaus möglich. Ich hätte einiges darum gegeben zu wissen, wie Blabbers neue Verletzungen aussahen. Da er zu Hause geblieben war, mussten sie wohl schlimmer ausgefallen sein. Andererseits, wenn Katrin ein Alibi für den Angriff auf Blabber hatte, bedeutete das noch lange nicht, dass sie nicht als Kisslers Mörderin in Frage kam. Noch einmal starrte ich auf ihre kräftigen Arme. Es dauerte eine Weile, bis ich registrierte, das Katrin mich irritiert ansah. Offenbar war ich gedanklich etwas abgedriftet.

„Ist Blabber eigentlich verheiratet?", fragte ich, um überhaupt etwas zu sagen. Katrin legte noch etwas mehr Verwunderung in ihren Blick. „Soviel ich weiß, lebt er allein, wieso?"

Ich ignorierte ihre Frage. Glücklicherweise hatte ich den Faden jetzt wiedergefunden. „Nächster Punkt. Was ist eigentlich dieser Schüssel für einer?"

Katrin schürzte die Lippen, dachte nach. „Komischer Typ, schwer einzuschätzen, bisschen arrogant, ja, das trifft es. Immer von oben herab und knochentrocken. Der typische Buchhalter. Ist wahrscheinlich genau im richtigen Beruf gelandet. Ein unauffälliger Kerl, der gerne im Hintergrund bleibt und dort die Fäden spinnt. Wagt sich nur hervor, wenn er sich seiner Sache hundertprozentig sicher ist, zum Beispiel Rückendeckung von Blabber hat. Aber dann gibt er es dir richtig!"

Ich nickte. Kissler hatte es ähnlich ausgedrückt. „Würdest du ihm die Unterschlagungen zutrauen?"

Katrin zögerte, nippte noch einmal an ihrem Mineralwasser, setzte das Glas langsam ab, ließ sich Zeit mit der Antwort. Dann schüttelte sie den Kopf. „Ich kann es einfach nicht sagen. Will ihm ja auch kein Unrecht antun. Schüssel ist für mich ein Buch mit sieben Siegeln. Völlig undurchsichtig. Leiden kann ich ihn eigentlich überhaupt nicht. Ich fühle mich in seiner Gegenwart immer unwohl. Gott sei Dank habe ich nicht oft mit ihm zu tun." Sie sah auf die Uhr.

„Du, ich bin eigentlich ziemlich müde und muss morgen wieder früh raus. Wenn du sonst keine Fragen mehr hast, würde ich gerne gehen." Sie gab der Bedienung per Hand ein Zeichen.

„Lass gut sein", sagte ich. „Ich lade dich ein. Vielen Dank, dass du gekommen bist." Ich gab ihr meine Visitenkarte. Jetzt besaß ich noch neunhundertneunundneunzig davon. „Für den Fall, dass dir noch etwas einfällt, oder so."

„Oder so?" Katrin lächelte amüsiert.

„Ich meine ja nur", erwiderte ich und studierte die Tischplatte.

Nachdem sie gegangen war, winkte nun ich der Bedienung und machte ein paar heiße Augenblicke durch, als ich in das leere Geldscheinfach meines Portemonnaie starrte. Dann fiel mir ein, dass ich vorhin zehn Euro in die Hosentasche gesteckt hatte.

Katrin hatte mir gutgetan. Meine Stimmung war erheblich besser geworden. Davon profitierte jetzt die Bedienung, denn ich gab ihr ein reichliches Trinkgeld.

Es war kurz vor neun. Ich verließ das Café und überquerte die breite Kreuzung zum Bahnhofsplatz. Ich wollte mir noch eine Zeitschrift kaufen. Als ich den Presseladen verließ, sah ich zu meiner Verwunderung, dass sogar der Buchladen noch geöffnet war, obwohl der sonst immer um 20:00 Uhr schloss. Vor dem Laden stand Jürgen. Er arbeitete dort als Buchhändler in der Spätschicht. Ich sah die Aufschrift auf seinem T-Shirt und musste grinsen. *Nervt alles*, stand da in großen Lettern drauf.

Ob Jürgen sich selbst zu *alles* dazurechnete oder ob er selbst von allem und allen genervt war, blieb dem Betrachter überlassen.

Er verdrehte in gespielter Verzweiflung die Augen und deutete mit dem Daumen über seine Schulter ins Ladeninnere.

„Ich krieg die Krise. Hab schon seit einer Stunde Feierabend, und der Typ da drin denkt nicht daran, den Laden zu verlassen. Dabei habe ich ihm schon fünf Mal erklärt, dass die französischen Zeitungen im Geschäft gegenüber verkauft werden."

Ich schaute an Jürgen vorbei und entdeckte meinen Freund

Jelzin, der sich in diesem Moment umdrehte und mich ansah.

Ich winkte ihm zu und machte Zeichen, er solle rauskommen.

Jürgen warf mir einen dankbaren Blick zu und beeilte sich, den Laden abzuschließen.

„Du hast mir doch erzählt", sagte ich zu Le Meur, „dass Blabber zusammengeschlagen wurde. Weißt du, wie schwer es ihn erwischt hat?"

„Ganz erheblich, würde ich sagen", antwortete der Franzose. „Als ich erfahren habe, dass er nicht zur Arbeit kommen würde, bin ich zu ihm hingefahren. Blabbers Gesicht wurde richtig grün und blau geschlagen."

„Mir kam die Idee, dass er sich die Verletzungen selbst beigebracht haben könnte."

„Ausgeschlossen. Das hat ihm jemand anderes angetan."

„War sein Rottweilermischling wieder nicht dabei?", fragte ich.

Jelzin kratzte sich am Hinterkopf.

„Das tut mir besonders leid", meinte er. „Der Hund wurde vor dem Anschlag vergiftet."

Diese Nachricht stimmte mich doch tatsächlich traurig. Fatzo war ein ungehobeltes Vieh gewesen, das mir die Knie zerschrammt hatte, aber irgendwie hatte ich das Tier trotzdem gemocht. Er mich schließlich auch.

„Ich muss jetzt gehen", sagte Jelzin. „Hör zu, warum kommst du nicht einfach mit zu Maschine. Ich wollte ihn gleich besuchen."

„Klar, warum nicht", erwiderte ich. „Ich habe sowieso etwas mit unserem Freund zu besprechen."

Auguste sah mich verblüfft an. Sicher hatte er damit gerechnet, dass ich irgendeinen Grund vorschieben würde, um Maschine und ihm aus dem Weg zu gehen. Jelzin konnte ja nicht ahnen, dass ich dringend auf Maschines Hilfe angewiesen war. Er war der Einzige, der mir jetzt noch helfen konnte. Auf dem Zettel mit dem Termin, den ich vorhin im Café aus meiner Geldbörse gefischt hatte, stand ein Datum, das schon längst verstrichen war. Frist verpasst! Mein Versäumnis ließ sich nur über Maschines Methode der virtuellen Präsenz wieder einrenken.

79

Kapitel 10

Seitdem er zum Krüppel geschlagen und als Rollstuhlfahrer auf eine ebenerdige Wohnung angewiesen war, wohnte Maschine in einer Erdgeschosswohnung in der Nähe des Biebricher Schlossparks, ziemlich weit unten am Rheinufer. Der Verkehr hatte mittlerweile stark nachgelassen und Auguste nutzte die Gelegenheit, seinen Wagen, einen roten Alfa Romeo, mal so richtig auszufahren. Er fetzte die Biebricher Allee hoch und schlängelte sich mit nur wenig verminderter Geschwindigkeit durch die Biebricher Straßen. Ich starb auf dem Beifahrersitz tausend Tode.

„Siehst bleich aus, Tim", meinte Le Meur, nachdem wir ausgestiegen waren. „Die Sache mit dem Lagerarbeiter steckt dir noch in den Knochen, was?"

„Hm."

Maschine hatte Jelzin bereits erwartet. Die Wohnungstür stand offen, und wir gingen durch den Flur, immer dem Qualm nach.

Ich dachte daran, dass der alte Kiffer vor seiner Zeit als Maschine von uns beiden die größere Paranoia hatte, mit einem Krümel Shit in der Tasche erwischt zu werden. Heute war es ihm gerade mal egal. Was sollte ihm auch noch groß passieren?

Jelzin und ich wühlten uns durch den Dunst bis zu dessen Quelle, wo wir unseren Gastgeber vermuteten. Richtig, da saß er auch schon hinter einer dickbauchigen Wasserpfeife, umhüllt von schwerem Haschischrauch, der durch das Zimmer waberte und auch Le Meur und mich benebelte.

„Was geht, Jelzin? Oh, Tim, wie? Schön dass du hier bist", begrüßte uns Maschine und ließ seinen gesunden Arm kreisen. „Hockt euch."

Wir pflanzten uns in zwei Sessel und schauten zu, wie Maschine rauchte. Ich ließ meinen Blick wandern, ohne etwas bestimmtes anzusehen und klammerte mich an den Gedanken, dass der Cyborg glücklicherweise Linkshänder war. Soweit *Glück* hier überhaupt angebracht war. Er bot mir auch einen Zug an, aber ich winkte ab.

„Was kann ich für dich tun?", fragte der Cyborg, als die Pfeife leer war.

Ich bekam ein schlechtes Gewissen und fühlte mich durchschaut. Natürlich wäre ich nicht hierher gekommen, wenn ich Maschines Dienste nicht brauchen würde.

„Ich wollte mich an der Uni einschreiben, um mich als Student billig krankenversichern zu können, aber ich habe die Einschreibefrist verpennt."

Maschine leerte die Pfeife, reinigte sie sorgfältig und schweigend.

Die Stille war mir unangenehm, darum schob ich ungefragt die Erklärung nach, dass ich nun schon seit längerem keinen Arbeitgeber habe, der für mich in die Sozialkasse einzahle, und ich mir die freiwilligen Beiträge sonst auf keinen Fall leisten könne.

Der Cyborg legte endlich das Reinigungsbesteck aus der Hand.

„Hast Glück", meinte er schließlich. „Ich habe jemandem an der Fachhochschule, der die Akte für dich anlegen kann. Wir werden dich ein gutes dutzend Jahre, oder besser zwei, jünger machen müssen, damit du den Studententarif bekommst und keine Studiengebühren bezahlen musst."

Er grinste boshaft. „Besorg dir eine Anti-Faltencreme und lass dein Haar tönen. Ich brauche ein paar Passbilder von dir. Die Fachrichtung ist dir egal, nehme ich an?"

Ich nickte.

„Bring die Unterlagen morgen vorbei. Ich besorge dir auch einen Wisch, damit du nicht als Unversicherter bei der Krankenkasse aufkreuzen musst. Das vereinfacht dir den Papierkram."

Ich fragte lieber nicht nach, auf welche Weise mir Maschine besagten Wisch herbeischaffen wolle, sondern begnügte mich mit einem einfachen: *Danke.*

Le Meur hatte unsere Unterhaltung schweigend verfolgt. Mir fiel aber auf, dass ihn etwas daran beunruhigte. Ich konnte mir allerdings nicht erklären, warum. Jetzt wandte sich der Franzose an mich. „Sag mal, Tim", begann er und sah mich dabei mit ungläubiger Miene an. „Soll das heißen, dass du weiterhin Detektiv spielen willst?"

„Wie kommst du darauf?" Ich war ehrlich überrascht.

„Wenn du vorhättest, dir eine richtige Arbeit zu suchen, bräuchtest du doch keine Studentenversicherung mehr."

Er hatte Recht. Die Krankenversicherung konnte ich in der Tat einfacher haben. Ich brauchte mich nur bei einer dieser Zeitarbeitsfirmen zu bewerben, die es inzwischen zuhauf gab. Jetzt fragte ich mich, warum ich nicht schon früher darauf gekommen war. Die Chancen, genommen zu werden, standen selbst in unserer Zeit hoher Arbeitslosenquoten gar nicht so schlecht. Der Studententarif nutzte mir nur etwas, wenn ich so weitermachen wollte, wie bisher.

Mitten aus diesen Gedanken heraus, ich wusste selbst nicht genau, warum, wurde ich plötzlich sauer.

„Was machst du dir eigentlich für Gedanken, um meine Krankenversicherung", blaffte ich. „Das geht dich doch gar nichts an!"

Vielleicht war es mir unangenehm, dass Jelzin mehr über meine tatsächlichen Pläne wusste, als ich mir selbst eingestehen wollte. Ich konnte ihm nichts vormachen. Er wusste, dass ich mir in die Tasche log.

„Lass gut sein, Tim", lenkte Jelzin ein. „Du hast Recht, es geht mich wirklich nichts an."

Er stand auf und ging zu einem Regal, auf dem mehrere kleine Fläschchen standen.

„Was Neues in der Sammlung, Maschine?"

„Kann man wohl sagen", antwortete der Cyborg stolz. „Habe vor kurzem eine Phiole mit Curare reinbekommen. Sie liegt direkt neben dem Wolfseisenhut."

„Wolfseisenhut?", fragte ich.

„Heißt eigentlich Gelber Eisenhut. Er enthält Aconitin, ein sehr starkes Gift. Die für Menschen tödliche Dosis beträgt drei bis sechs Milligramm, je nach Konstitution. Jäger der Antike tränkten ihre Pfeilspitzen mit dem Extrakt der Pflanze. Sie legten auch mit Eisenhutextrakt vergiftete Wolfsköder aus."

„Aha, daher der Name. Und dein Curare ist tatsächlich dieses Gift ..."

„... das leise tötet und über das Blut aufgenommen wird", sagte Maschine. „Es lähmt die Skelettmuskulatur und soll reichlich bitter schmecken."

Jelzin betrachtete die schwarze Flüssigkeit. „Wirkt sehr schnell, soweit ich weiß. Indios in Südamerika jagen damit. Immer noch auf der Suche nach dem idealen Tod, Maschine? Ich bezweifele, dass Curare das Richtige dafür ist." Vielleicht hatte Jelzin heute keinen guten Tag oder sein Taktgefühl war ihm kurzfristig abhanden gekommen. Maschine jedenfalls reagierte fast genauso verschnupft, wie ich vorhin.

„Was weißt du schon davon? Manchmal habe ich alles so satt, dass es mir egal ist, wie mein Abgang aussieht. Wach du erst einmal jeden Morgen auf, mit dem Wissen, das dich wieder nur ein Tag voller Schmerzen und Beeinträchtigungen erwartet."

„Doch, ich verstehe das."

„Gar nichts verstehst du. Kannst mich ja wegen Drogenbesitz anzeigen, wenn du willst!"

Der Cyborg war jetzt richtig sauer. Ich hatte kurz den Eindruck, als hätte sich sogar Maschines künstliches Auge vor Zorn verfärbt, aber das war natürlich nur eine Sinnestäuschung.

Jelzin schwieg gekränkt. Er stand auf, um auf die Toilette zu gehen. Maschine holte die Wasserpfeife hervor und machte eine neue Füllung zurecht. Ich fühlte mich unwohl und hoffte, dass Jelzin nach der doppelten Abfuhr bald gehen wollte und mich mitnahm.

83

Maschine bemühte sich nun um betont lockere Konversation und fragte mich, was ich die ganze Zeit über getrieben habe, wo ich jetzt wohnen würde und so weiter. Dann ging uns der unverbindliche Gesprächsstoff aus.

„Was hat der Franzose da vorhin über dich als Detektiv erzählt?", fragte Maschine, um das aufkommende Schweigen zwischen uns zu vertreiben.

Le Meur war noch nicht zurück und nachdem ich kurz überlegt hatte, gab ich mir einen Ruck und erzählte dem Cyborg von meiner Anzeige und dem Unternehmen mit dem schönen Namen *info-hunt*.

Maschine fand das lustig. Vielleicht lag es aber auch nur am Hasch.

„Und?", fragte er, während er eine dicke Qualmwolke ausstieß. „Hat sich schon jemand auf die Anzeige gemeldet?"

„Kann man wohl sagen", antwortete Le Meur, der soeben wieder ins Zimmer kam. „Sag mal, hast du vielleicht Kaffee im Haus?"

Wir mochten uns wieder. Zu dritt saßen wir noch eine ganze Weile beisammen und weihten Maschine in die jüngsten Geschehnisse bei Kaufdas ein. Zwischendurch erkundigte sich der Cyborg besorgt bei Le Meur, ob er nicht einen Haufen Ärger bekommen könne, wenn er hier Dienstgeheimnisse ausplaudere, aber Jelzin winkte bloß müde ab. Streng genommen existiere er ja gar nicht mehr als Mitarbeiter bei der Wiesbadener Kripo, erklärte der Franzose, sein Status dort sei zumindest zweifelhaft. Da solle Maschine schon eher Sorge haben, von ihm, Auguste Le Meur, wegen Verstoßes gegen das Betäubungsmittelgesetz angezeigt zu werden, nicht nur wegen seiner Giftsammlung, sondern auch wegen dieses krümeligen Zeugs, dass Maschine nicht müde wurde, in seine Pfeife zu stopfen. Selbst wenn heutzutage die Gesetze in Bezug auf sogenannte weiche Drogen nicht mehr so streng seien wie noch vor einem Jahrzehnt oder zwei. Außerdem wisse der Nicht-Polizist und Detektiv ohne Lizenz (hier deutete Jelzin mit ausgestrecktem Arm auf mich), genauso viel wie die

Kripo, und darum sei es sowieso egal, ob er, Jelzin, sich an der Unterhaltung beteilige oder nicht.

Maschine und ich sahen uns nach diesem Redeschwall kurz an und waren schnell einig. Es war an der Zeit, ein Fenster aufzumachen und frische Luft hereinzulassen, denn Le Meur war dabei, völlig abzudrehen. Der Franzose bekam seinen Kaffee und reagierte nach einer Viertelstunde wieder normal.

Maschine zeigte besonderes Interesse, als wir auf Blabber und die Attacken auf ihn zu sprechen kamen. Ich wunderte mich, dass es dem Cyborg überhaupt möglich war, unserer Unterhaltung zu folgen, so vollgekifft wie er war. Allerdings sprach er den Drogen schon seit Jahren so regelmäßig zu, dass die Reizschwelle für ihn mittlerweile entsprechend hoch war.

„Erst nur ein Schlag, später dann eine richtige Abreibung?", fragte Maschine. „Hat jemand gesehen, wie dieser Blabber nach dem zweiten Mal aussah?"

„Ich", sagte Le Meur. „Sein Gesicht war ganz schön zugerichtet. Ansonsten wäre er bestimmt zur Arbeit gekommen, wenn er dazu in der Lage gewesen wäre, gerade heute."

„Du warst bei ihm?" Maschine hatte sich mittlerweile allerlei Knabberzeug und Süßigkeiten gegriffen und machte sich gierig darüber her, während er dem Franzosen zuhörte.

„Er ist der Marktleiter, da mussten wir ihn befragen."

„Hat er vor, Anzeige zu erstatten?"

„Er meinte, dass das sowieso keinen Zweck habe."

Maschine schnaubte verächtlich. Er schob die Chipstüte von sich, als wäre ihm plötzlich der Appetit vergangen.

„Woran denkst du?", fragte ich ihn.

„Damals, als mir ein Schläger auf die Pelle gerückt ist, weil ich meine Spielschulden nicht bezahlen konnte, hat es genauso angefangen. Erst eine kleine Abreibung und dann, als die nächste Frist verstrichen war, gab es richtig was auf die Fresse."

Was beim dritten Mal passiert war, brauchte Maschine nicht zu erzählen. Wir wussten, dass er seither im Rollstuhl saß.

„Bei Blabber lagen keine vierundzwanzig Stunden zwischen den Attacken", wandte Le Meur ein.

„Das ist ungewöhnlich", räumte der Cyborg ein. „Aber vielleicht hat er großmäulig versprochen, noch im Laufe des Tages zu zahlen, und es dann nicht geschafft."

Ich blieb skeptisch. Mir war noch etwas anderes eingefallen. „Blabber hat mir am Telefon erzählt, bei Kissler sei ein Nachschlüssel für das Kaufdas-Warenlager gefunden worden. Stimmt das?"

Le Meur nickte. „Das ist richtig und könnte ein Indiz dafür sein, dass Kissler etwas mit den Warendiebstählen zu tun hatte. Allerdings erklärt es nicht, warum Kissler jetzt tot ist."

Da hatte der Franzose natürlich Recht.

„Ich nehme an, dass auf dem Schlüssel nur Kisslers Fingerabdrücke gefunden wurden, oder?", fragte ich.

„Die Ergebnisse der Spurensicherung liegen noch nicht vor, aber ich vermute auch, dass es so sein wird."

„Da ist noch etwas", sagte ich. „Als ich Blabber anrief, hat er mich angelogen. Er behauptete, wegen eines Migräneanfalls nicht zur Arbeit gegangen zu sein."

„Es wird ihm unangenehm gewesen sein, dir die Wahrheit zu sagen", meinte Le Meur. „Warum sollte er dir die Geschichte auf die Nase binden? Die Polizei hat er jedenfalls nicht angelogen. Darauf kommt es an."

„Aber irgendwas stimmt doch nicht mit Blabber!", rief ich aufgebracht. „Wenn Maschine nun Recht hat und irgendjemand den Marktleiter bedroht, dann muss er doch alles daransetzen, dieser Gefahr zu entkommen. Zum Beispiel, indem er sich freikauft, auch wenn er sich die Mittel dafür auf krummem Wege beschaffen muss."

Ich konnte seinem Gesicht ablesen, dass Le Meur nicht überzeugt war.

„Ich glaube, Tim, du bringst da einiges durcheinander. Blabber wurde zusammengeschlagen, gut. In seinem Laden werden Waren gestohlen und Gelder unterschlagen, auch gut. Aber wieso sollte es da einen Zusammenhang geben?"

„Na denk doch mal daran, was Maschine vorhin gesagt hat", erwiderte ich. „Vielleicht hat Blabber ja wirklich Spielschulden und weiß keinen anderen Weg, sie zu begleichen, als durch Unterschlagung."

Jelzin drückte sich in seinen Sessel und atmete tief durch. Er wirkte genervt.

„Sag, mal Tim, wie viele Leute denkst du, arbeiten bei Kaufdas?"

„Keine Ahnung. So zwölf bis fünfzehn habe ich dort rumlaufen gesehen. Warum?"

„Weil ich finde, dass du deine Schlüsse nicht gerade aufgrund sorgfältiger Ermittlungen ziehst, darum. Blabber hat dir gegenüber nicht die Wahrheit gesagt, na schön. Allerdings musste er das auch nicht und in gewissem Sinn ist es auch verständlich. Was hast du noch vorzubringen. Weißt du genug von den anderen Angestellten, um sie als Verdächtige ausschließen zu können?"

„Nun ja ..." Jelzins Argumente hatten etwas für sich, das musste ich zugeben. Ich hatte mich so auf Blabber eingeschossen, dass ich diesen unsympathischen Buchhalter Schüssel völlig außer Acht gelassen hatte.

„Und wie Kisslers Ermordung in das Ganze hineinpasst, wissen wir auch noch nicht", legte der Franzose nach. Damit lieferte er mir allerdings wieder einen Grund, bei meiner Theorie, wenn man das, was ich dafür hielt, überhaupt so nennen konnte, zu bleiben.

„Blabber hat von Anfang an versucht, mich auf Kissler anzusetzen."

„Das wiederum machte ihn für dich verdächtig, richtig?" Um Jelzins Mundwinkel spielte ein Lächeln. Ich schaute schnell weg.

„Er tat so, als könnte niemand anderes für die Unterschlagungen in Frage kommen", ereiferte ich mich. „Dabei arbeiten doch mehrere Leute in dem Markt. Da kann man doch nicht von vornherein sagen, dass ... ich meine ... äh ..." Ich sah ein, dass es keinen Zweck hatte, auf meiner Sicht zu beharren. Jelzin hatte mir eindrucksvoll vor Augen geführt, dass ich dabei war, den Fall genauso eindimensional zu betrachten, wie Blabber es getan hatte. Also hielt ich den Mund und drehte verlegen die Kaffeetasse in meinen Händen.

Maschine hatte die Debatte zwischen Auguste und mir schweigend verfolgt, meldete sich aber jetzt zu Wort. „Blabber wird keinen Polizeischutz bekommen, nehme ich an?" Es war mehr eine Feststellung als eine Frage.

„Ganz sicher nicht", entgegnete Le Meur. „Blabber hat nichts davon gesagt, dass er auch weiterhin bedroht wird. Abgesehen davon, gibt es gar nicht genug Polizisten in dieser Stadt, um jedem, der verprügelt wird, einen Beamten zur Seite zu stellen." Er sah auf die Uhr. „Es ist spät geworden, Zeit für mich, ins Bett zu gehen. Soll ich dich nach Hause fahren, Tim?"

Wir verabschiedeten uns von Maschine und stiegen in Jelzins Flitzer. Glücklicherweise nahm sich Auguste für den Rückweg doppelt soviel Zeit wie für die Hinfahrt. Ich konnte ihm ansehen, dass ihn irgendwas beschäftigte.

„Vielleicht sollte man Blabber doch im Auge behalten", meinte ich, als Jelzin mich vor meiner Haustür absetzte.

„Womöglich versucht es sein unbekannter Angreifer noch mal und ..."

Jelzin ließ mich nicht ausreden. „Es ist besser, du hältst dich da raus, Tim. Vergiss nicht, dass Mord im Spiel ist. Überlass das den Profis."

Ich schenkte dem Franzosen meinen unschuldigsten Blick und stieg aus.

Ein blinkendes Lämpchen an meinem Anrufbeantworter verhieß Neuigkeiten. Katrin hatte noch einmal versucht, mich zu erreichen. Freddys Tod hatte ihr keine Ruhe gelassen und sie wollte noch einmal mit mir sprechen, vor allem darüber, dass ich mich so fest von seiner Schuld überzeugt gezeigt hatte. Klar, dass sie das irritierte. Von dem Lagerschlüssel, der bei ihm gefunden worden war, wusste sie noch nichts, jedenfalls nicht von mir. Sie hatte mir leider nicht ihre Nummer hinterlassen, aber jetzt war es sowieso viel zu spät, um zurückzurufen. Ich würde mich morgen bei ihr melden, sie vielleicht in der Mittagspause treffen, wenn sie nicht gerade ihren freien Tag hatte. Ich freute mich, noch einmal Katrins Stimme gehört zu haben. Sie war eine Nette. Ich legte mich hin und träumte davon, dass Katrin mich nicht nur wegen Freddy hatte sprechen wollen.

Kapitel 11

Anderentags ging ich zum Kaufdas, gleich nachdem ich meine Unterlagen für die Fachhochschule bei Maschine gelassen hatte. Der Zustand des Cyborgs bereitete mir Sorgen. Sein Blick war mehr nach innen gerichtet und schien die Außenwelt kaum noch wahrzunehmen. Ich kannte diesen Zug an ihm und befürchtete das Schlimmste. Nicht mehr lange, und es wäre wieder so weit. Dann war mit ihm nichts mehr anzufangen. Maschine würde sich tagelang betrinken und mit allen möglichen anderen Drogen betäuben. In den wenigen Pausen, wenn er seinen Körper nicht mehr zwingen konnte, noch mehr Schnaps zu trinken oder Haschisch zu rauchen, würde der Cyborg von einem dunklen schwarzen Loch aufgesogen werden. Die Depression würde ihn festhalten und mit immer festerem Griff umklammern, und er würde jegliche Hoffnung verlieren, dass sie ihn irgendwann wieder losließ, und nur noch apathisch in seiner abgedunkelten Wohnung herumhängen.

Gut möglich, dass er diesmal nach den Giften in seiner Sammlung greifen und seinem Leben ein Ende setzen würde. Der Gedanke daran belastete mich, denn ich vermutete, dass Maschines neueste Krise durch unser gestriges Gespräch und die damit verbundene Erinnerung an seinen Peiniger ausgelöst worden war.

Ich versuchte, mir einzureden, dass es vielleicht noch einen anderen Grund für die Depression gab, und damit mein schlechtes Gewissen zu beruhigen. Vielleicht hatte ich ihm soeben ja doch zu etwas neuem Lebensmut verholfen. Maschine tat sich schwer, seine Behinderung zu akzeptieren. Darum genoss er es, wenn ein Nichtbehinderter wie ich auf seine Gefälligkeiten angewiesen war.

Tatsächlich hatte der Cyborg es aufgrund seiner Findigkeit geschafft, an manchen Orten, wo ich nicht so ohne Weiteres hinkommen konnte, virtuell präsent zu sein. Andererseits konnte eine kleine Treppe vor eben jenem Ort Maschine im realen Leben den Zugang unmöglich machen. Da half dem Cyborg all seine technologische Raffinesse nichts. Das war ihm durchaus schmerzlich bewusst. Und einer der Gründe, warum er fast niemals aus dem Haus ging.

Weil ich Katrin nicht sofort fand, sprach ich eine junge Frau an, die ein Regal einräumte.

„Ich kenne die Leute nicht, die hier arbeiten. Da müssen Sie jemand von der Belegschaft fragen."

Ich verstand. Die Frau arbeitete offensichtlich für ein Unternehmen, das bei Kaufdas einige Meter Regal angemietet hatte und diese selbst bestückte. Großabnehmer wie die Kaufdas-Kette verdienten auf diese Weise mehrfach. Kaufdas bekam einerseits die Miete von dem Warenanbieter, der scharf darauf war, seine Produkte in einem großen Filialunternehmen flächendeckend zu vertreiben, sparte andererseits Personalkosten und kassierte außerdem noch durch den Verkauf der Waren, für die das Unternehmen als Großabnehmer günstige Konditionen aushandeln konnte.

Ich sah mich nach jemand anders um, den ich fragen konnte und entdeckte Katrin selbst, die gerade von der Mittagspause zurückkehrte.

„Bist du heute Abend zu Hause?", fragte sie.

„Ja."

„Ich rufe dich an. Geh jetzt bitte weiter, damit uns niemand zusammen sieht."

„Du kannst mich auch gerne besuchen."

„Kann ich mir denken, verschwinde jetzt."

Ich klemmte mir wieder einmal ein paar Saftpackungen unter den Arm, damit ich Katrin etwas anderes als Leitungswasser anbieten konnte, falls sie doch bei mir vorbeikommen sollte, und ging vor zu den Kassen. In einiger Entfernung erkannte ich Blabber, dessen Gesicht mit zwei großen Pflastern bedeckt war. Eine Gesichtshälfte schimmerte blauviolett, die andere wirkte dafür umso blasser. Ausgeschlossen, dass der Marktleiter sich selbst so zugerichtet hatte. Ich überlegte kurz, ob ich ihn ansprechen solle, entschied mich aber dagegen. Das Gespräch fand dennoch statt, denn als ich gezahlt hatte und den Markt verlassen wollte, stand Blabber plötzlich vor mir.

„Suchten Sie hier etwas Bestimmtes, Herr Strecker?", blaffte er mich an. Seine schlechte Laune wunderte mich nicht.

„Was ist denn mit Ihnen passiert?", tat ich überrascht.

„Ein kleiner Unfall, nicht der Rede wert", wiegelte er ab. „Ich habe gefragt, was Sie hier suchen. Ihr Auftrag ist beendet."

„Ein Unfall, so, so." Ich machte keinen Hehl daraus, dass ich Blabber nicht glaubte. Seine Art ging mir auf die Nerven. Ich hielt ihm meine Saftpackungen unter die Nase.

„Bin einkaufen gewesen", sagte ich leichthin. „Dazu sind Supermärkte ja wohl da. Hat es noch irgendwelche Unterschlagungen oder ähnliche Vorkommnisse gegeben?"

„Warum sollte es? Kissler ist tot und er wurde einwandfrei überführt."

„Ach ja, richtig. Der Schlüssel. Sie hatten mir am Telefon erzählt, dass er bei dem Toten gefunden wurde."

„Eben. Dann wissen Sie ja Bescheid."

„Wäre es nicht denkbar, dass jemand Kissler den Schlüssel untergeschoben hat?"

In Blabbers nicht zugeschwollenem Auge blitze es kurz auf. Er setzte zu einer, wie ich vermutete, scharfen Erwiderung an, beherrschte sich aber im letzten Moment und antwortete mit ruhiger Stimme: „Denkbar ist vieles, wenn man seiner Phantasie freien Lauf lässt. War nett, Sie noch einmal gesehen zu haben, Herr Strecker, auf Wiedersehen."

Damit ließ er mich stehen und ging davon.

„Was für ein Unfall war das eigentlich?", rief ich dem Marktleiter nach, bekam aber keine Antwort. Ich hatte auch nicht unbedingt damit gerechnet.

Auf dem Nachhauseweg versuchte ich zu sortieren, was in diesem Fall Spekulation und was gesicherte Information war. Unzweifelhaft stand für mich nur der Tod des Lagerarbeiters Freddy Kissler fest. Ich hatte seine Leiche selbst gesehen. Streng genommen war das bereits alles, was ich aus eigener Erfahrung wusste.

Die nächsten Punkte basierten auf dem, was mir von verschiedenen Quellen bestätigt wurde, wie zum Beispiel der Umstand, dass bei Kisslers Leiche ein Lagerschlüssel gefunden worden war.

Halt, da gab es noch etwas, das ich zweifelsfrei wusste. Oswald Blabbers Gesicht sah aus wie ein bunter Golfball, und der Marktleiter verschwieg mir den Grund dafür. Der Polizei gegenüber allerdings hatte er gesagt, dass er von irgendeinem Unbekannten zusammengeschlagen worden war. Dabei hatte er ja vielleicht den Zeitpunkt des Überfalls geschickterweise so festgesetzt, dass für die Polizei auch Freddy Kissler als Schläger in Frage kommen konnte.

Ich hatte von Anfang an den Eindruck gehabt, dass Blabber mich auf Freddy ansetzen wollte, aber warum? Wollte er jemand anders schützen? Vielleicht gab es ja doch den großen Unbekannten im Hintergrund.

Schon wieder begab ich mich auf den unsicheren Grund subjektiver Vermutung, aber dass Blabber irgendetwas zu verbergen hatte, beziehungsweise zumindest mir gegenüber verbarg, war für mich offensichtlich. Warum hatte er mich dann überhaupt engagiert?

Wie ich es auch drehte und wendete, es passte alles nicht richtig zusammen. Wie bei einem falschen Puzzleteil gab es immer mindestens eine Ecke, die sich nicht einfügen ließ. Ich war keinen Schritt weiter als zu Beginn des Falls, der, was mich betraf, eigentlich abgeschlossen war. Und jetzt hatte es zu allem Überfluss einen hässlichen Mord gegeben. Wahrhaftig keine schöne Bilanz.

Wenn ich ehrlich war, musste ich zugeben, dass sich die Erfolgsliste meiner bisherigen detektivischen Tätigkeit doch sehr bescheiden ausnahm. Vielleicht tat ich besser daran, mich wieder auf meinen Brötchenerwerb als Teilkörpermodel zu besinnen. Die Knie waren wieder verheilt, und so stand dem eigentlich nichts im Wege.

Ich wusste im Grunde aber nur zu gut, dass ich die Sache nicht einfach auf sich beruhen lassen konnte. Blabbers Verhalten ließ mir keine Ruhe. Er hatte etwas zu verbergen, und ich wollte unbedingt herausfinden, was das war. Also beschloss ich, den Marktleiter in den nächsten Tagen noch ein wenig zu beschatten. Ich betrachtete dies als eine Gratisleistung meinerseits, von der der Auftraggeber nicht unbedingt etwas wissen musste.

Als ich den Hof zu meiner Hinterhauswohnung überquerte,
fiel mir auf, dass sich das Wetter geändert hatte. Dunkle Wolken zogen auf und heftige Windböen ließen offene Türen und Fenster gegen die Rahmen schlagen. Es hatte lange nicht mehr geregnet, ein Gewitter mit entsprechender Abkühlung wurde sicher nicht nur von mir sehnlichst herbeigewünscht.

Ich vertrödelte den Nachmittag in Hoffnung auf niedrigere Temperaturen und noch mehr gespannter Erwartung auf das, was Katrin mir zu sagen hatte.

Das Gewitter erwies sich leider als Luftnummer. Es zog vorbei und hinterließ nur eine drückende Schwüle.

Katrin läutete am Abend um kurz nach acht an meiner Tür. Ich freute mich, dass sie jetzt doch persönlich vorbeigekommen war. Eilig schaufelte ich uns im Wohnzimmer zwei

Sessel frei und holte etwas zu trinken. Katrin setzte sich und schaute sich um.

„Hübsch hast du es hier", meinte sie.

„Na ja", antwortete ich verlegen und schaute mich um. Ein mit Papieren übersäter Schreibtisch, auf dem Boden verstreute Zeitschriften, der Ofen begraben unter einem Haufen Klamotten, die ich noch wegräumen musste, dazu ein Blick durch die offene Tür zum Schlafzimmer auf mein ungemachtes Bett. Vielleicht hätte ich doch noch etwas aufräumen sollen, Zeit genug hatte ich ja gehabt.

„Du hattest mich wegen Freddy sprechen wollen?", fragte ich.

„Ja, Tim. Ich habe heute zufällig mitbekommen, wie sich Blabber mit unserem Buchhalter unterhalten hat. Schüssel erzählte, dass es seit kurzem keine nennenswerten Differenzen mehr gegeben habe, und Blabber meinte, das sei kein Wunder, da Kissler ja tot sei. Ich glaube einfach nicht, dass Freddy gestohlen hat. Die wollen ihm was anhängen!" Katrin war wieder so wütend geworden, dass ihre Wangen sich röteten, genau wie in dem Café, als sie mir von ihren Arbeitsbedingungen erzählt hatte. Ihre Augen schimmerten feucht und ihre Stimme zitterte.

Mir kam ein Gedanke. „Sag mal, du und Freddy, wart ihr vielleicht enger befreundet, ich meine ..."

„Quatsch. Wir hatten nichts miteinander. Aber Freddy war der Einzige, der nicht nur an sich dachte. Er half den Kollegen, wo er nur konnte. Gedankt wurde es ihm allerdings nicht von allen. Manche hielten ihn bloß für einen gutmütigen Trottel, den man gut ausnutzen konnte. Wenn Freddy das spitzkriegte, war derjenige aber bei ihm unten durch."

Ich hatte hin und her überlegt, ob ich es Katrin sagen sollte, irgendwann würde sie es wahrscheinlich doch erfahren. „Da gibt es noch etwas, das Freddy stark belastet, Katrin."

„So, was soll denn das sein?"

„Es wurde ein Nachschlüssel für das Warenlager bei ihm gefunden."

„Das glaube ich nicht!" Katrin fuhr aus ihrem Sessel hoch. „Den hat ihm jemand zugesteckt." Dann sackte sie wieder auf ihrem Sitz zusammen und meinte traurig: „Vielleicht war er es ja wirklich? Man kennt einen anderen Menschen doch nie ganz. Weißt du, ein Kripomann ist heute auch noch da gewesen. Er sprach mit Akzent und hatte an einer Hand nur drei Finger. Der hat sich ziemlich lange im Büro aufgehalten und die Dienstpläne und Urlaubslisten angesehen. Darüber haben sich Schüssel und Blabber später auch unterhalten."

„Weiter", drängte ich. „Was haben sie gesagt?"

„Das konnte ich nicht mehr verstehen, aber beide schienen sehr erleichtert zu sein." Katrins Stimme wurde immer leiser.

„Der Schlüssel könnte Freddy tatsächlich untergeschoben worden sein", versuchte ich sie zu trösten. „Ich habe auch schon daran gedacht. Und dass seit Kisslers Tod keine weiteren Unterschlagungen vorgefallen sind, kann durchaus daran liegen, dass der wahre Täter sich erst einmal zurückhalten muss, damit Freddy der Verdächtige Nummer eins bleibt. Lass uns noch einmal zusammentragen, was wir genau wissen, und überlegen, wie wir Freddys Unschuld beweisen können. Wir wissen zum Beispiel, dass dein Chef zumindest mir gegenüber etwas verbirgt. Ist dir an ihm sonst noch etwas aufgefallen?"

Eine tiefe Falte zwischen Nasenwurzel und Stirn zeigte an, dass Katrin angestrengt nachdachte.

„Blabber war schon immer cholerisch, aber in den letzten Wochen ist er noch unberechenbarer geworden."

Mein Telefon klingelte, aber ich hatte keine Lust ranzugehen. Der Anrufbeantworter schaltete sich ein. Es war Le Meur.

„Hallo Tim, ich bin es, Auguste. Ich habe Neuigkeiten."

Ich sprang aus meinem Sessel und hob den Hörer ab.

„Jelzin, was gibt es?"

„Grüß dich, Tim. Bist du allein?"

„Katrin ist bei mir. Eine Kollegin von Freddy Kissler."

95

„Katrin Zimmer? Eine junge Verkäuferin um die dreißig, mit sportlicher Figur, dunkelblondem Haar und Pferdeschwanz?"

„Bisher wusste ich ihren Familiennamen nicht, aber die Beschreibung stimmt. Du kannst offen reden, Auguste. Ich schalte den Lautsprecher ein, damit Katrin mithören kann."

„Nein, warte! ... Na schön, Ich habe schlechte Nachrichten, Tim, leider. Sieht so aus, als sei Freddy Kissler tatsächlich der Kaufdas-Dieb. Ich habe heute die Dienstpläne der Angestellten mit den Zeiten verglichen, an denen Gelder oder Waren verschwunden sind. Dieser Buchhalter Schüssel ist ein so ordentlicher Mensch, der hat, als die Vorfälle anfingen, sich zu wiederholen, die Daten genau aufgezeichnet. Kissler hatte an allen in Frage kommenden Tagen Dienst."

Ich hatte den Lautsprecher eingeschaltet, damit Katrin mithören konnte. Ihre Mundwinkel zuckten.

„Hast du auch die Dienstzeiten von Blabber und Schüssel selbst überprüft?", fragte ich, obwohl ich die Antwort bereits ahnte.

„Aber natürlich, Tim!" Le Meur klang beleidigt. „Wofür hältst du mich?"

„Schon gut, tut mir leid. Vielen Dank für deinen Anruf."

Katrin und ich sahen uns an.

„Das glaube ich einfach nicht", sagte sie halblaut, aber ich hatte den Eindruck, dass sie es eher zu sich als zu mir sagte. Mehr, um sich selbst zu überzeugen.

„Schüssels Liste könnte gefälscht sein", murmelte ich, ohne so recht an diese Möglichkeit zu glauben. Jelzin hatte bestimmt auch daran gedacht und die Angaben wenigstens stichprobenartig überprüft. Durch Gespräche mit den Angestellten oder durch eine Anfrage in der Kaufdas-Zentrale, wo die Stundenabrechnungen aufbewahrt wurden. Ich konnte mir trotzdem vorstellen, dass es für einen leitenden Angestellten wie Blabber oder jemanden wie Schüssel, der als Buchhalter Zugang zu allen möglichen Papieren haben musste, genug Gelegenheit zur Manipulation gab. Ich hatte schon von Unterschlagungsfällen gelesen, die erst nach etlichen Jahren aufgedeckt worden waren. Als die Sache ans Licht kam, waren die Verantwortlichen oft schon gar nicht mehr in ihrem Betrieb tätig.

„Ich finde, Jelzins Nachricht hat auch etwas Gutes", versuchte ich mich im positiven Denken. „Jetzt bleiben doch wirklich nur noch Blabber oder Schüssel als Verdächtige übrig. Zumindest, was die Diebstähle und Unterschlagungen betrifft. Nur diese beiden verfügen über die Möglichkeit, Beweise zu fingieren, um sich auf Kosten Kisslers reinzuwaschen."

„Und sie präsentieren diese Beweise auch", meinte Katrin bitter. „Du hast Recht, außer den beiden können wir alle anderen ausschließen, aber für die Polizei scheint die Sache ja wohl erledigt zu sein."

„Um den Mord wird sie sich schon noch kümmern", erwiderte ich. „Ich werde Blabber in den nächsten Tagen unauffällig beschatten. Halte du auf der Arbeit die Augen offen und versuche herauszubekommen, ob jetzt neue Diebstähle passieren oder sonst etwas Ungewöhnliches geschieht. Ich rufe dich morgen Abend an."

„Wenn du dich an Blabber hängst, kann ich ja Schüssel nachspionieren", schlug Katrin vor.

„Kommt nicht in Frage", protestierte ich.

„Warum denn nicht?", entgegnete sie hitzig. „Im Gegensatz zu Blabber darf Schüssel noch mit dem Wagen von der Arbeit nach Hause fahren. Ich habe auch ein Auto und du? Willst du vielleicht erst ein Taxi heranwinken und dann dem Fahrer sagen. Folgen Sie dem Wagen dort, aber möglichst unauffällig?"

Ich gab mich geschlagen. Katrin sah sehr zufrieden aus.

„Ich werde mich gleich morgen Abend an Schüssel ranhängen. Je nachdem, wann ich zurück bin, melde ich mich bei dir, spätestens übermorgen, also am Samstag."

„Und wie kann ich dich erreichen?"

Katrin gab mir nun doch ihre Nummern für Telefon und Handy und verabschiedete sich. Ich blieb zurück, unzufrieden darüber, dass Katrin sich so mühelos gegen mich durchgesetzt hatte. Ihr Eifer, Schüssel etwas nachweisen zu wollen, kam mir fast verdächtig vor. Sie hatte sich auf den Buchhalter beinahe genauso eingeschossen, wie Blabber auf Kissler. Oder wie ich mich auf Blabber? Das Klingeln des Telefons riss mich aus meinen Gedanken. Es war wieder Jelzin. „Ich bin bei Maschine", sagte er. „Wenn du Lust hast, komm runter zu uns. Würde uns freuen."

Im Hintergrund hörte ich jemanden brummen. Ich vermutete, dass das ein Gruß von Maschine an mich war. „Warum nicht", entgegnete ich nach kurzem Überlegen. „Ich bin innerhalb der nächsten Stunde bei euch."

Ich hatte Glück und brauchte nicht lange auf einen Bus zu warten. Allerdings hätte ich gar nichts dagegen gehabt, etwas später in Maschines Wohnung aufzutauchen. Die beiden waren noch mitten beim Abendessen, Hühnchen mit Pommes Frites, geliefert von einem Restaurant in der Nähe. Die Art, wie sie das Geflügel mit den Händen zerlegten, wirkte auf mich alles andere als appetitlich.

„Willst du auch was?", fragte Le Meur zwischen den Zähnen.

Anstelle einer Antwort verzog ich das Gesicht.

„Ach so, du isst ja kein Fleisch. Kannst dir von den Pommes Frites nehmen, und hier ist Salat."

Er deutete auf seinen Teller, wo zwischen den Fritten zerfaserte Fleischstückchen steckten, und schob mir eine Plastikschale mit Salat hin. Wer immer den zubereitet hatte, war offenbar der Meinung, dass da ordentlich Schinken reingehörte.

„Die Wurst kannst du rausfischen", kam der Franzose meinen Bedenken zuvor. Ich verzichtete trotzdem dankend.

Entgegen meiner Vermutung hatte sich Maschines Gemüts-
zustand sogar wieder etwas gebessert. Freuen konnte ich mich aber nicht darüber. Ich wusste zu gut, dass es sich nur um ein kleines Zwischenhoch handeln könnte, irgendetwas, das ihm ein wenig vergängliche Freude bereitete. Wahrscheinlich ein Erfolgserlebnis bei einer seiner elektronischen Tüfteleien. Ich sollte es bald erfahren.

„Sag, mal", meldete sich noch einmal Jelzin zu Wort. „Kannst du mir vielleicht einen Fünfziger wechseln? Maschine bekommt noch Geld für das Essen von mir, und ich habe es nicht klein."

Ich zückte mein Portemonnaie um nachzusehen. Ich hatte die letzten Tage sparsam gelebt und noch einiges von Blabbers Vorschuss übrig behalten. In diesem Moment schoss Jelzins Arm nach vorne und schlug mir die Börse aus der Hand. Kleingeld, Notizblätter und Einkaufszettel flogen durch die Luft und fielen auf den Boden. Ein Glas hatte er auch umgestoßen, und der Inhalt ergoss sich über den Tisch.

„Mein Missgeschick", murmelte Jelzin. „Tut mir leid."

Er war bereits unter den Tisch gekrabbelt und reichte mir einen Stapel Papiere, den er aufgesammelt hatte. Ich nahm die Zettel und stopfte sie wieder in mein Portemonnaie.

„Was feiert ihr hier eigentlich?", fragte ich Maschine, während Jelzin in die Küche ging, um einen Wischlappen zu holen.

„Ich bastele gerade an einem Sender und bin heute ein gutes Stück vorangekommen. Die Reichweite konnte ich erheblich verbessern."

„Eine Wanze." Jelzin kam zurück und drohte scherzhaft mit dem Zeigefinger. „Glücklicherweise betrifft das nicht mein Ressort, sonst müsste ich ..." Er ließ den Satz unvollendet und wischte den Tisch sauber.

„Aber gespannt bin ich doch, wie die Tests ausfallen", meinte der Franzose, nachdem er den Lappen in die Küche zurückgebracht hatte.

Ich hatte gerade auch etwas sagen wollen, klappte den Mund aber wieder zu. Natürlich war mir der Gedanke gekommen, Blabbers Büro zu verwanzen oder ihm selbst einen Sender unterzujubeln, aber wenn das Material noch nicht ausgereift war, hatte das wenig Zweck. Ich hatte so manches Mal erlebt, wie bei einigen von Maschines unfertigen Erfindungen die Kabel durchgeschmort waren. Außerdem war das Risiko zu groß, dass Blabber sofort mich verdächtigen würde, sollte er die Wanze entdecken.

„Was willst du mit dem Sender anfangen?", fragte ich.

„Mal sehen." Maschine schob seinen Teller zurück und stellte die Wasserpfeife auf den Tisch. „Ist nur eine Spielerei. Mit irgendetwas muss doch auch einer wie ich den Tag rumkriegen."

Ich sah zu Le Meur hinüber. Der schaute betreten zur Seite. Wir wussten, mit Maschines Zwischenhoch war es bereits wieder vorbei.

Der Cyborg krümelte sich eine gewaltige Mischung zusammen und stopfte das Zeug in den Pfeifenkopf.

„Ist was?", fragte er unwillig, als er unsere Blicke auf sich spürte.

„Hast du vielleicht Kaffee im Haus?", lenkte der Franzose ab.

„Ist in der Küche, bedien dich."

„Was macht die Suche nach Kisslers Mörder?" fragte ich, als Jelzin mit einem Pott voll mit schwarzem Kaffee zurückkam. Was die Mengen betraf, hatte er sich auf deutsche Maßstäbe eingestellt. Aber die Brühe war genauso dunkel wie die in den kleinen Tassen französischer Bistros.

„Kann ich nicht viel dazu sagen", antwortete Le Meur. „Wir vermuten, dass Freddy Kissler sich mit einer Hehlerbande eingelassen hat, mit einem ihrer Mitglieder in Streit geriet und erschlagen wurde. Ich habe, ehrlich gesagt, wenig Hoffnung, dass wir den Mörder finden."

Jelzin vermied es, mich anzusehen, während er das sagte.

Ich hatte verstanden. Die Geschehnisse um Kaufdas interessierten die Kripo nicht mehr. Ursprünglich hatte ich vorgehabt, mit Jelzin noch einmal den Mordfall zu besprechen, aber jetzt war ich zu dem Schluss gekommen, es besser bleiben zu lassen. Auguste schätzte mein detektivisches Engagement nicht, soviel war sogar mir mittlerweile klar geworden.

Wir saßen noch eine Weile zusammen, aber es wollte keine rechte Stimmung mehr aufkommen. Maschine ging immer weniger auf uns ein, wurde zunehmend einsilbig und redete schließlich überhaupt nicht mehr mit uns. Stattdessen schien er sich immer mehr nach innen zu kehren und nahm kaum noch Notiz von dem, was um ihn herum vorging. Irgendwann fragte mich Jelzin, ob ich bei ihm mitfahren wolle, und so brachen wir auf. Unterwegs gab ich mich abweisend und wich jedem Gesprächsversuch von Le Meur aus. Auguste machte sich Sorgen um Maschines Depression, aber ich wollte das nicht an mich heranlassen. Es war wie früher. Ich hasste dieses Versinken in einen Zustand, den ich nur als larmoyant und teilweise sogar aufgesetzt empfand. Vielleicht fehlte mir einfach das nötige Einfühlungsvermögen, um nicht so leichtfertig zu urteilen. Was mich jedoch besonders Jelzin gegenüber sehr ungnädig stimmte, war mein diffuses Unterlegenheitsgefühl. Er wirkte stets souverän und zugleich immer verständnisvoll, während ich mir besonders in seiner Gegenwart wie ein egoistischer Jungendlicher vorkam. Ich war mir durchaus bewusst, dass ich Le Meur wieder einmal nur als Taxi benutzte und es nicht einmal für nötig hielt, mich mit ihm zu unterhalten. Und dass ich von mir aus dem Franzosen gegenüber die Rolle eines kleinen Bruders oder manchmal auch Sohnes eingenommen hatte. Meist fühlte ich mich dabei sehr wohl. Manchmal war ich, vorwiegend aus Bequemlichkeit, bereit, das hinzunehmen, aber nicht heute, wo ich Jelzin insgeheim den Vorwurf machte, mich im Stich gelassen zu haben. Dabei konnte er nicht einmal etwas dafür. Wollte ich gerecht bleiben, so hatte ich keinen Grund, ihm vorzuwerfen, dass er Freddy für einen Dieb und Hehler hielt. Erstens leitete er nicht die Ermittlungen, und zweitens ließen die bisherigen Untersuchungsergebnisse für ihn nur diesen Schluss zu. Gut möglich, dass Katrin und ich uns verrannt hatten und die Wahrheit nicht sehen wollten. Aber ich hielt an Kisslers Unschuld fest, möglicherweise auch wegen Katrin, die ihre ganze Hoffnung in mich setzte und für die ich vielleicht sogar mehr als freundliche Sympathie empfand. Und wenn wir uns nun beide in Freddy getäuscht hatten? Die Aussicht, gegenüber Auguste wieder einmal Unrecht zu haben, verdarb mir gehörig die Laune. Es sollte jedoch noch dicker kommen.

Als ich aussteigen wollte, hielt Jelzin mich zurück.
„Was ich dir noch sagen muss, Tim, glaub mir, das fällt mir jetzt nicht leicht."
„Ja?" Ich spürte Unheil heraufziehen.

„Ich wollte es dir am Telefon nicht sagen, aber von den Dienstplänen her käme auch Katrin Zimmer für die Unterschlagungen in Frage. Aber das bleibt unter uns, verstanden?" Ich nickte stumm und stieg aus. In meinem Kopf tobte ein Bienenschwarm, und mein Blick ging ins Leere. Jelzins Flitzer war schon lange fort, als ich aus meiner Trance erwachte und endlich in meine Wohnung ging.

Ich schlief erwartungsgemäß schlecht und grübelte immer wiederüber Le Meurs Worte nach. Konnte Katrin das getan haben, wofür Freddy verdächtigt worden war? Hatte sie am Ende gar dem toten Freddy den Schlüssel zugesteckt und spielte seither die trauernde Kollegin? Soviel Abgebrühtheit konnte – oder wollte?– ich Katrin nicht zutrauen. Aber da war dieser Satz, der mir nicht aus dem Kopf ging. Von ihr mit dunkler Stimme gesprochen: „Man kennt einen anderen Menschen doch nie ganz."

Kapitel 12

Gespannt wie der sprichwörtliche Flitzebogen wartete ich auf Katrins Anruf. Entgegen meiner Hoffnung wurde es aber doch
Samstag, bis sie sich meldete.
„Koch uns schon mal einen Kaffee", sagte sie am Telefon. „Ich bin in zehn Minuten bei dir."
Diese Nachricht beflügelte mich zu ungeahnten Höchstleistungen. Vergessen waren all meine Zweifel. Ich freute

mich nur noch darauf, Katrin zu sehen. Ich schaffte es nicht nur, den Kaffee rechtzeitig fertig zu haben, sondern konnte sogar noch ein wenig aufräumen, ehe Katrin an meiner Tür klingelte.

„Da bist du ja", begrüßte ich sie. „Wo hast du die ganze Zeit gesteckt?"

„Ist gestern zu spät geworden", sagte Katrin. „Wo ist der Kaffee?"

Ich platzte fast vor Ungeduld. Trotzdem schenkte ich uns erstmal die Tassen voll.

„Nun erzähl schon", forderte ich Katrin auf, kaum dass sie den ersten Schluck genommen hatte.

„Es gibt nicht viel zu erzählen. Schüssel ist nach Feierabend in seinen Wagen gestiegen und direkt nach Hause gefahren Er wohnt in einem Reihenhaus in der Nähe vom Alten Friedhof. Ich folgte ihm mit meinem Käfer bis dorthin. Schüssel stieg aus dem Wagen und ...", Katrin schüttelte verständnislos den Kopf, „... ob du es glaubst oder nicht, in dem Moment geht die Haustür auf, seine Frau steht auf der Schwelle und drückt ihm einen Begrüßungskuss auf die Stirn. Und als ob das noch nicht reichte, kommt auch noch ein kleines Mädchen von vielleicht drei oder vier Jahren hinzu und fällt dem lieben Papa um den Hals. Es war genau wie in der Fernsehwerbung für Kaffee oder Margarine. Was für eine Familienidylle! Ich habe dann noch stundenlang im Wagen gesessen und Schüssels Haustür angeglotzt. Dachte, er schleicht sich vielleicht heimlich in der Nacht raus, aber von wegen. Irgendwann gingen die Lichter aus und ab dann war Ruhe. Habe mir die halbe Nacht um die Ohren geschlagen, um sicherzugehen."

Ich versuchte in Katrins Gesicht zu lesen, ob sie dasselbe dachte wie ich: Die Spur Schüssel blieb kalt. Aber noch mochte ich es nicht zugeben.

„Vielleicht war es ja gar nicht Schüssels Frau, die ihm die Tür aufgemacht hat?", versuchte ich der harmonischen Begrüßungsszene etwas Geheimnisvolles abzugewinnen.

„Sie war es." Katrin nippte an ihrem Kaffee. „Ich habe sie mal auf einer Betriebsfeier kennengelernt. Schüssels Nachhausekommen war so normal, dass es eigentlich schon wieder verdächtig ist. Findest du nicht?"

Mit dieser Logik konnte ich nun gar nichts anfangen. Ich musterte Katrins Gesicht und fragte mich, ob ihre Fixierung auf den Buchhalter noch ganz normal war.

Vielleicht konnte Katrin Gedanken lesen, denn mit ihrer nächsten Aussage nahm sie Schüssel wieder in Schutz.

„Andererseits war von unserem Buchhalter ja nichts anderes zu erwarten. Er ist nun mal eine unauffällige Erscheinung, warum soll er da nicht auch ein ganz normales Familienleben führen?"

Das forderte nun wieder meinen Widerspruch heraus. Wenn Katrin beabsichtigt hatte, dass ich Schüssel stärker verdächtigte, hätte sie es nicht geschickter einfädeln können.

„Vielleicht hat er gemerkt, dass du ihm gefolgt bist und dir das Familienidyll nur vorgespielt? Ein Anruf vom Wagen aus nach Hause und das Empfangskomitee bestehend aus Frau und Kind steht rechtzeitig auf der Matte."

Katrin schaute mich entgeistert an, dann schlich sich ein Lächeln in ihr Gesicht.

„Du bist ja ein Oberschlauer, welch detektivische Raffinesse!"

Ihr nächster Satz haute mich dann richtig um.

„Was hältst du davon, wenn ich heute über Nacht hierbleibe?"

Ich war unprofessionell genug, diesem Vorschlag zuzustimmen.

Meine Professionalität meldete sich jedoch unglücklicherweise bereits am nächsten Morgen beim gemeinsamen Frühstück zurück.

„Sag mal", meinte ich, während ich eine Scheibe Brot mit Honig bestrich, „wo warst du eigentlich in der Nacht, als Freddy ermordet wurde?"

„Natürlich zu Hause in meinem Bett. Warum fragst du?"

Katrins Zögern vor ihrer Antwort hätte mir eigentlich Warnung genug sein müssen, aber meine berufliche Neugierde ließ mich alle Vorsicht vergessen, die rosarote Stimmung nicht zu verderben.

„Och, nur so, reine Routine." Fasziniert starrte ich auf das Muster, das der Honig auf mein Butterbrot malte, bis ich plötzlich Katrins Blick auf mir brennen spürte.

„Äh, ist was?", erkundigte ich mich harmlos.

„Ich-möchte-eine-Erklärung-für-deine-Frage."

Jetzt erschien mir die Welt um mich herum nicht mehr rosa, sondern feuerrot. Der Honig lief bereits zu beiden Seiten der Brotscheibe hinunter, und ich wusste noch immer keinen Ausweg aus dem Dilemma, in dem ich mich auf einmal befand.

Nach sekundenschneller Überlegung erschien es mir jedoch das kleinere Übel, Jelzins Vertrauen zu enttäuschen. Er musste ja auch nicht unbedingt erfahren, dass ich seine Informationen an Katrin weitergegeben hatte.

„Die Polizei hat anhand der Dienstpläne ermittelt, dass auch du für die Diebstähle in Frage kommen könntest. Natürlich nur theoretisch", fügte ich schnell hinzu.

„Natürlich", erklang es kalt von der anderen Seite des Tisches.

Ich schaute in Katrins Gesicht und wusste, dass ich soeben mehr als Jelzins Vertrauen verloren hatte.

„Warte doch", sagte ich hastig. „Bitte Katrin, setz dich wieder und höre mir wenigstens einen Augenblick zu ... Wo willst du denn jetzt hin?"

Aber es war schon zu spät. Auf Katrins Wangen zeigten sich bereits wieder die roten Flecken, jene untrüglichen Anzeichen ihrer Wut. Mit zwei, drei Griffen hatte sie ihre Sachen zusammengerafft und die Wohnungstür hinter sich ins Schloss fallen lassen.

Konsterniert starrte ich auf den Honigsee in meinem Frühstücksteller und versuchte zu ermessen, wie groß der Schaden war, den ich soeben angerichtet hatte.

Ich verbrachte den restlichen Sonntag mit unzähligen Versuchen, Katrin zu erreichen. Fehlanzeige. Frustriert ging ich früh zu Bett und hoffte, dass Katrins Zorn auf mich bald wieder verraucht sein würde.

Doch auch der Montag ging ins Land, ohne dass ich sie sprechen konnte. Die Mailbox ihres Handys war nach wie vor ausgeschaltet, so dass ich noch nicht einmal die Möglichkeit hatte, ihr eine Nachricht zu hinterlassen. Katrin hatte mir nur ihre Telefonnummern, nicht aber ihre Adresse aufgeschrieben, daher konnte ich sie nicht in ihrer Wohnung aufsuchen. Ein Blick auf die Uhr sagte mir, dass es heute Abend schon zu spät war, Katrin an ihrem Arbeitsplatz zu treffen. Das musste also bis morgen warten.

Am Dienstagvormittag trabte ich zum Kaufdas, schritt die Reihe der Kassen ab, schlich durch die von Regalen begrenzten Gänge und schaute auch bei der Warenannahme vorbei. Katrin war nirgends zu sehen.

Eine ihrer Kolleginnen sagte mir, dass Frau Zimmer heute frei habe. zerknirscht wollte ich den Markt verlassen, bevor mich der Marktleiter erwischen konnte, aber plötzlich zupfte mich jemand am Arm.

„Herr Strecker, kann ich Sie kurz sprechen?" Blabbers Stimme klang ungewohnt sanft und entsprach so gar nicht dem sonstigen Auftreten, das ich bisher von ihm gewohnt war.

„Wenn ich Ihnen helfen kann." Ich bemühte mich, möglichst neutral zu klingen, obwohl ich Blabbers schroffe Abfuhr bei unserer letzten Begegnung nicht vergessen hatte.

Der Marktleiter fuhr sich mit der Hand über das Gesicht, das immer noch einige Blessuren aufwies.

„Ich möchte Sie um Entschuldigung bitten, Herr Strecker."

Wie bitte? Ich musste mich verhört haben. Bestimmt hatte ich Wasser in den Ohren. Eine andere Erklärung konnte es nicht geben. Ich hielt mir ein Ohr zu und neigte den Kopf zur Seite. Dann bohrte ich mit dem kleinen Finger im Ohr herum, um es freizubekommen. Aber auch nach dieser Maßnahme blieb Blabbers Botschaft dieselbe. Er tat so, als habe er mein Verhalten nicht bemerkt, und fuhr fort. „Ich stehe in letzter Zeit stark unter Stress. Da passiert es wohl leider, dass ich ab und zu heftiger reagiere, als ich es selbst will." Der Versuch, zu lächeln, ging Blabber gründlich daneben. Vielleicht erwartete er jetzt eine Antwort oder wenigstens irgendeine Reaktion von mir, aber er bekam keine. Also setzte er seinen Monolog fort. „Es ist nicht so, dass ich Ihr Engagement nicht zu schätzen wüsste, Herr Strecker."

Hier machte der Marktleiter eine dramatische Pause und zückte sein Portemonnaie. „Im Gegenteil ...", Blabber holte einen Fünfzig Euro Schein hervor, „... aber ich möchte, dass Sie Ihre Ermittlungen, was Kaufdas betrifft, jetzt wirklich als erledigt betrachten. Die Polizei ist ja mittlerweile mit dem Fall betraut, und wir sollten sie in Ruhe ihre Arbeit tun lassen."

Er stopfte den Fünfziger zurück in das Geldfach und holte eine Hunderternote hervor.

„Hier bitte, nehmen Sie. Als Endhonorar und kleine Entschädigung für meine Unfreundlichkeit Ihnen gegenüber."

Der Marktleiter senkte seine Stimme und rückte unangenehm nahe an mich heran.

„Ganz im Vertrauen, Herr Strecker, denn was ich Ihnen jetzt sage, ist eigentlich geschäftsschädigend. Aber ich weiß, dass es zwischen der Mainzer Straße und Ihrer Wohnung im Westend noch eine ganze Menge anderer Läden gibt, wo Sie einkaufen können."

Er lächelte ölig, fügte noch ein „Leben Sie wohl, Herr Strecker", hinzu und ging dann fort, ohne sich noch ein Mal nach mir umzudrehen.

Wieder auf der Straße, drehte ich den Schein zwischen meinen Händen hin und her, pfiff leise durch die Zähne, hielt die Banknote im Laufen gegen das Licht, wechselte den Hunderter bei einer Bank in der Bahnhofstraße in kleine Scheine und gönnte mir ein Eis in dem italienischen Café, wo ich zusammen mit Katrin über Freddys Ermordung gesprochen hatte.

Ich war in guter Laune, denn ich glaubte, der unerwartete Geldsegen sei ein gutes Omen, dass sich die Dinge für mich wieder einzurenken begannen.

Dann kam es wieder einmal knüppeldick. Der erste Schatten, der auf meine sonnige Stimmung fiel, war der Gedanke, dass ich es mir durch die Annahme des Geldes sehr schwer gemacht hatte, Katrin wiederzusehen. Mit den hundert Euro hatte sich Blabber meine Abwesenheit vom Kaufdas erkauft, und ich hatte in den Handel eingewilligt, als ich das Geld in Empfang nahm.

Der zweite Schatten gehörte zu einem hochgewachsenen Franzosen namens Auguste Le Meur. Ich hatte keine Ahnung, wieso Jelzin plötzlich vor meinem Tisch stand, aber nun war er da und sah mich aus dunklen Augen zornfunkelnd an.

„Hallo Auguste", sagte ich und bemühte mich, Le Meurs stechenden Blick zu ignorieren.

„Auch Lust auf einen Kaffee? Ist voll geworden hier, aber das macht nichts. Du kannst meinen Tisch haben, denn ich wollte sowieso gerade gehen."

„Du bleibst hier, Tim." Der Franzose ließ sich langsam auf dem Stuhl mir gegenüber nieder.

„Ich möchte mit dir reden, und ich nehme an, du weißt warum."

Nein, wieso denn? wollte ich zuerst fragen, aber dann überlegte ich es mir doch anders. Wenn Jelzin eins nicht leiden konnte, dann war es der Versuch, ihn für dumm zu verkaufen. Also blieb nur die Flucht nach vorn. Brutalstmögliche Aufklärung, sozusagen.

„Du hast mit Katrin, der Verkäuferin, gesprochen?" Ein letzter Griff nach dem Strohalm. Vielleicht hatte er ja nicht. Vielleicht war Le Meur gar nicht sauer auf mich, weil ich das mir anvertraute Geheimnis von Katrins Arbeitszeiten ausgeplaudert hatte. Vielleicht ...

„Jawohl, ich habe mit Katrin Zimmer gesprochen. Allerdings hätte ich mir den Weg sparen können, weil ein gewisser Tim Strecker ihr gegenüber nicht den Mund halten konnte!" Der Franzose war echt sauer. Ich konnte es daran erkennen, dass er aus meiner Sicht mittlerweile eine Größe von vier Metern zwanzig und eine Breite von drei Meter vierzig erreicht hatte. Zerknirscht schaute ich auf dem Fußboden nach dem berühmten Loch, in das ich verschwinden konnte. „Es tut mir leid", war alles, was ich im Moment sagen konnte. Es war Jelzin deutlich anzusehen, dass ihm das nicht reichte. Langsam wurde ich aber auch sauer. Was erwartete der Kerl eigentlich von mir – einen Kniefall?

„Katrin ist bestimmt keine Diebin und schon gar keine Mörderin!", rief ich. „Und Freddy hatte mit Hehlerei auch nichts zu tun. Ihr Polizisten seid auf dem falschen Dampfer!"

„Setz dich wieder hin, Tim und sprich bitte etwas leiser, die Leute gucken schon."

Verwirrt registrierte ich, dass ich wohl vom Stuhl aufgesprungen sein musste, denn ich stand, die Arme auf dem Tisch aufgestützt, vornübergebeugt vor Jelzin. Mein Stuhl lag hinter mir auf dem Boden. Er musste umgefallen sein, als ich aus dem Sitz in die Höhe geschnellt war. Ich lächelte verlegen in die Gesichter der Zuschauer, hob beschwichtigend die Arme und setzte mich wieder.

Die Anzahl öffentlicher Lokale in Wiesbaden war begrenzt. Wenn ich alle paar Tage irgendwo rausgeschmissen wurde, konnte ich bald nirgendwo mehr hingehen.

„Blabber hat mir freiwillig hundert Euro dafür gezahlt, dass ich mich nicht mehr im Kaufdas blicken lasse. Wie findest du das?"

„Ich kann mir eine Menge Leute vorstellen, die noch mehr dafür zahlen würden, dich nicht sehen zu müssen", erwiderte Le Meur ungerührt.

Ich verkniff mir ein Lächeln. Dass der Franzose seinen trockenen Humor ausspielte, war das beste Anzeichen dafür, dass sein Zorn auf mich allmählich verrauchte. Er hatte halt doch ein großes Herz, der Gute.

„Spaß beiseite, Auguste. Blabber hat doch Schiss."

„Kann ja sein, Tim. Aber vor wem oder was. Etwa vor dir und dem, was du herausgefunden hast?"

„Oder vor dem großen Unbekannten", ergänzte ich.

Auguste rollte genervt mit den Augen.

„Jetzt sage ich mal, Spaß beiseite, Tim. Raus mit der Sprache. Was weißt du über Blabber?"

Ich zuckte die Schultern. „Ich habe keine Ahnung."

Le Meurs Blick wurde starr.

„Ehrlich, Jelzin. Ich zermartere mir schon die ganze Zeit den Kopf, aber ich komme nicht drauf. Es muss etwas sein, von dem mir selbst gar nicht bewusst ist, dass es Blabber gefährlich werden könnte."

Le Meur seufzte. „Na schön, Tim. Ich muss jetzt gehen. Wenn dir was einfällt, sag mir Bescheid, okay?"

Ich nickte und drückte dem Franzosen die Pranke, froh darüber, so glimpflich davongekommen zu sein. Plötzlich fiel mir ein, dass Jelzin vielleicht Katrins Personalien aufgenommen hatte. Sollte ich ihm hinterherlaufen und nach ihrer Privatadresse fragen? Ich verwarf diesen Gedanken wieder. Es war sicher besser, die Großmut des Franzosen nicht über Gebühr zu strapazieren.

*

Katrins Zorn hielt allerdings länger an, als es bei Jelzin der Fall gewesen war. Sie meldete sich auch am folgenden Tag nicht und blieb für mich unerreichbar. Dann stand sie am Donnerstagnachmittag wie vom Himmel gefallen vor meiner Wohnungstür. Ich hätte einiges dafür gegeben, in diesem Moment meinen Gesichtsausdruck sehen zu können.

„Viel scheint dir ja nicht an mir zu liegen", meinte sie schnippisch. „Aber so leicht wirst du mich nicht los, du Meisterdetektiv."

„Ich habe versucht, dich anzurufen", verteidigte ich mich.
„Und im Kaufdas bin ich auch gewesen, aber du hattest frei.
Wo du wohnst, weiß ich ja nicht." „Hast du nicht einen guten Draht zur Polizei? Du hättest nur diesen Franzosen zu fragen brauchen. Der kennt meine Adresse."
Dazu sagte ich jetzt lieber nichts.
Ich konnte Katrin ansehen, wie sehr sie die Situation genoss.
„Bin ich immer noch deine Verdächtige Nummer eins?"
„Bist du nie gewesen", beteuerte ich. „Aber ich kann dir was über Blabber erzählen."
Ich unterrichtete Katrin ausführlich über mein Gespräch mit dem Marktleiter. Sie hörte staunend zu. Danach tranken wir Kaffee, redeten noch eine Weile über den Fall Kaufdas – und hatten eine schöne Zeit.
„Ich rufe dich von der Arbeit aus an", versprach Katrin, als sie sich am späten Abend von mir verabschiedete.

Kapitel 13

Katrin hielt Wort. Am nächsten Tag rief sie mich während ihrer Mittagspause an. Was sie mir zu sagen hatte, klang ebenso eindeutig wie niederschmetternd. Wieder keine Unregelmäßigkeiten bei Kaufdas. Katrin war wütend darüber, dass sich bei ihren Kollegen zusehends die Überzeugung durchsetzte, dass Freddy krumme Dinger gedreht hatte. Natürlich wussten inzwischen alle von der Belegschaft Bescheid. Wie in jedem anderen Unternehmen gedieh der Klatsch auch bei Kaufdas prächtig.
Ich versuchte, Katrin zu beruhigen, empfahl ihr, sich nicht mit den anderen streiten solle, weil das zu nichts führen würde. Ich sagte ihr, dass ich mich am heutigen Abend das erste

Mal an Blabbers Fersen heften wolle. Das war mehr zur Übung und zu meiner Orientierung gedacht. Ich rechnete nicht damit, dass vor der Inventur Ende nächster Woche das Warenlager noch einmal leergeräumt werden würde.

Für Katrin und mich stand fest, dass selbst, wenn es tatsächlich jemand wie den großen Unbekannten im Hintergrund gab, zumindest ein Kaufdas-Angestellter als Mittäter fungieren musste. Und wir blieben dabei, dass dafür nur entweder Blabber oder sein Buchhalter Schüssel in Frage kamen. Wer auch immer von beiden seine Finger in diesem schmutzigen Geschäft hatte, er würde klug genug sein und stillhalten, bis die Inventur vorbei war. Den Prüfern der Kaufdas-Zentrale würde mit Kissler ein Schuldiger für die Inventurdifferenz präsentiert werden können. Die Zentrale würde diese Erklärung akzeptieren, vorausgesetzt, dass in dem Zeitraum zwischen Kisslers Tod und der Inventur keine neuen Differenzen zu vermelden waren. Nach der Inventur hätte der wahre Täter wieder für mindestens ein Jahr lang freie Bahn.

Ich versprach Katrin, mich heute Abend noch einmal zu melden und ihr von meiner Verfolgung Blabbers zu berichten.

Bis dahin hatte ich noch genug Zeit, um etwas für die Bestreitung meines Lebensunterhalts zu tun. Ich fuhr raus nach Taunusstein und präsentierte Sigrid meine wiederhergestellten Knie.

Sie war es zufrieden, machte gleich ein paar Aufnahmen und zahlte mich in bar aus. Ich wollte mich langsam aus dem Staub machen, um rechtzeitig zu Blabbers Feierabend beim Kaufdas zu sein, aber so leicht wurde ich Sigrid nicht los.

Irgendeine scharfzüngige Frau hatte einmal gesagt, dass der Beweis für die Aussage, dass Frauen klüger als Männer seien, darin läge, dass es Männer gab, die Frauen einzig wegen ihrer schönen Beine heirateten, was umgekehrt nicht vorkäme. Bei Sigrid war ich mir da nicht so sicher. Sie war derart in meine Knie vernarrt, dass sie offensichtlich auch bereit war, den Rest von mir in Kauf zu nehmen. Dabei passten wir nun wirklich nicht zusammen. Obwohl wir uns erst kurze Zeit kannten, hatten wir die Fronten schon früh geklärt.

Die folgenden drei Tage nach unserer ersten Begegnung hatten Sigrid und ich zusammen mit harter Arbeit verbracht. Während der Fotosessions tauschten wir unsere Lebenserinnerungen und -erfahrungen aus und wussten bald mehr voneinander als manche anderen, die uns schon einige Jahre kannten. Wir konnten uns gegenseitig einschätzen und kamen auf eine angenehme und unkomplizierte Art miteinander klar – dachte ich jedenfalls.

Sigrid war nicht nur sehr geschäftstüchtig, sondern auch hübsch und attraktiv. Sie lebte aber in einer ganz anderen Welt als ich. Als karrierebewusste Geschäftsfrau kleidete sie sich entsprechend, roch nach dezentem Parfüm und hechelte dermaßen den gerade angesagten Trends hinterher, dass es auf mich schon geradezu lächerlich wirkte. Sigrid bemühte sich geradezu verkrampft, eine Fassade von Perfektion aufrechtzuerhalten, dass sie auf mich spießiger wirkte, als meine durch die 1950er Jahre geprägten Eltern es je gewesen waren. Das Einzige, was diese Frau anscheinend aus der Fassung bringen konnte, war ein perfektes Modell für ihre Fotografien. Meine Knie etwa. Da konnte sie alles um sich herum vergessen.

Sigrid turtelte und balzte, was das Zeug hielt, und ich wurde immer nervöser, war ich doch darauf bedacht, den Bus nach Wiesbaden nicht zu verpassen. Endlich, nachdem ich Sigrid zum wiederholten Mal erklärt hatte, dass ich bereits seit vielen Jahren keinen Alkohol mehr tränke und nein, auch heute keine Ausnahme machen würde – und schon gar nicht für sie, aber das sagte ich natürlich nicht – gab sie auf und stellte schmollend den Sekt wieder in den kleinen Kühlschrank in ihrem Studio zurück.

Sie brummelte etwas davon, dass ja nichts dabei wäre, wenn man sich auch mal außerhalb der Arbeit näher kennenlerne, und klagte, dass das persönliche Miteinander völlig auf der Strecke bliebe.

Ich hatte die Ohren auf Durchzug gestellt und ärgerte mich meinerseits darüber, dass ich hier langsam meine Zeit verschwendete. Doch dem war durchaus nicht so. Die Erkenntnis traf mich mit voller Wucht, als Sigrid hinter mir die Tür zu ihrem Studio abschloss und anschließend den Schlüssel in ihre Handtasche steckte.

Sigrid und der Schlüssel, Freddy und der Lagerschlüssel, Blabber oder Schüssel und der Zweitschlüssel, Le Meur, die Dienstpläne und sein Irrtum. Das war es!

„Sigrid, du bist meine Muse!", rief ich ihr zu und hauchte ihr einen Kuss auf die Wange. Dann rannte ich los, um meinen Bus zu erreichen.

Ich war wie im Fieber. Während der Rückfahrt rutschte ich unruhig auf meinem Sitz herum. Für einen Beobachter musste ich wie ein geistig Verwirrter ausgesehen haben. Stumm formten meine Lippen Worte. Es war ein an mich selbst gerichteter Vortrag, den ich bei Gelegenheit vor Katrin oder auch Le Meur zu halten gedachte. Was mich besonders in einen schon euphorisch zu nennenden Zustand versetzte, war der Umstand, dass ich den Franzosen bei einem Fehler ertappt hatte. Dabei war es doch so einfach. Und ich war zuerst darauf gekommen.

Auguste Le Meur, der Franzose, das Superhirn, der Überflieger, auch bekannt unter dem Namen Jelzin, hatte sich geirrt, ich konnte es ihm nachweisen. Wenn es einen Nachschlüssel für das Lager gab, dann sagten die Arbeitszeiten der Kaufdas-Mitarbeiter gar nichts über eine mögliche Täterschaft aus, der Täter konnte damit schließlich auch außerhalb seiner Arbeitszeiten in das Warenlager spazieren, wie er wollte. Und was die Geldunterschlagung betraf, stand noch lange nicht fest, dass dafür derselbe Täter verantwortlich war. Armer Jelzin. Ich nahm mir vor, nicht allzu hämisch zu sein. Er war ein herzensguter Mensch, den ich im Grunde gut leiden mochte, auch wenn er mir manchmal auf die Nerven ging. Aber das Wissen darum, dass auch für einen Auguste Le

Meur die Bäume nicht in den Himmel wuchsen, erfüllte mich mit großer Befriedigung.

*

Pünktlich zum Feierabend bei Kaufdas wartete ich eine Haltestelle vor dem Großmarkt auf den Bus, mit dem Blabber von der Arbeit nach Hause fuhr, seine Führerscheinsperre war ja noch nicht abgelaufen.

Als der Bus heranfuhr, musterte ich die Insassen und entdeckte Blabber ziemlich weit vorne auf einem Platz an der mir
zugewandten Fensterseite. Ich löste mich aus dem Pulk der Wartenden und stieg hinten in den Bus ein. Am Hauptbahnhof wechselte er in den Bus der Linie eins. Wir fuhren die Wilhelmstraße entlang bis zum Kurhaus. Der Himmel war bewölkt, und es wehte ein leichter Wind. Vielleicht wollte der Marktleiter die Sorgen des heutigen Tages während eines Spaziergangs im Kurpark hinter sich lassen. Bei ihm Zuhause wartete ohnehin niemand auf den Alleinstehenden.

Ich folgte Blabber in einigem Abstand. Er sah sich nicht um, und so hatte ich leichtes Spiel. Ich hatte extra eine Schirmmütze aufgesetzt, die ich mir tief ins Gesicht zog, damit Blabber mich nicht sofort erkannte, wenn er sich plötzlich umdrehte. Außerdem hatte ich Klamotten an, die er bisher nicht an mir kannte.

Wir spazierten eine Weile hintereinander durch den Park, ohne dass sich etwas Außergewöhnliches ereignete.

Blabber trug eine Aktentasche unter dem Arm und sein Schritttempo entsprach dem der anderen Spaziergänger. Ein ganz gewöhnlicher Mann auf dem Weg nach Hause an einem schönen Sommerabend.

Diesen ganz gewöhnlichen Mann durchzuckte es sichtlich, als jemand von oberhalb des Weges auf ihn zukam. Der Kerl war mindestens eins neunzig groß, breit wie der sprichwörtliche Kleiderschrank und verbrachte, seiner Figur nach zu urteilen, die Hälfte seines Lebens in Bodybuilding-Studios. Erhatte kurzgeschnittene braune Haare und grinste böse, während er sich Blabber langsam näherte. Als ich den anderen sah, ließ ich mich weiter hinter Blabber zurückfallen und ging in die Hocke. Dabei tat ich so, als müsste ich meine Turnschuhe binden.

Eine in normaler Lautstärke geführte Unterhaltung konnte ich auf diese Entfernung nicht verstehen, aber Blabber rief in seiner ersten Überraschung laut: „Bronski!", woraufhin der muskulöse Mann den Zeigefinger auf seine Lippen legte. Bronski! Mein Albtraum hatte einen Namen! Was sollte ich nur machen? Ich konnte mir nicht ewig die Schuhe zubinden, zumal Bronski mich über Blabbers Schulter hinweg fixierte.

Ich zog mir die Mütze noch etwas tiefer ins Gesicht und begann auf der Stelle zu traben.

Bronski legte Blabber einen Arm um die Schulter und flüsterte dem Marktleiter etwas ins Ohr, woraufhin Blabber sich nach mir umdrehte. Ich senkte den Kopf und sprintete los, flitzte an den beiden vorbei, vergaß detektivische Ehre und Ehrgeiz. Nur einfach weg hier.

Mit dem Bus fuhr ich bis zur Bleichstraße und ging den Rest zu Fuß.

In meiner Wohnung angekommen, schloss ich die Eingangstür ab, wobei ich den Schlüssel zwei Mal umdrehte. Außerdem nagelte ich ein dickes Stück Holz an die Tür, um die vor Tagen eingedrückte und nur notdürftig mit Tesafilm festgeklebte Glasscheibe zu ersetzen. Dann wusch ich mich und wechselte meine verschwitzte Kleidung.

Mein Hochgefühl, das ich noch heute Nachmittag beim Aufdecken von Jelzins Irrtum empfunden hatte, war gänzlich verschwunden und hatte nackter Angst Platz machen müssen.

Aus Furcht, ein Opfer wie in Alfred Hitchcocks Film Psycho abzugeben, hatte ich auf das Duschen verzichtet und mich am Waschbecken gewaschen. Ich bereitete mir eine Tasse Kaffee und musste sie mit beiden Händen hochheben, weil ich so zitterte. Ich schimpfte auf Gott und verfluchte mein

Schicksal, sah mich von finsteren Mächten in mein Verderben gedrängt und meinte, verstehen zu können, wie Ödipus sich gefühlt haben musste, nachdem er erkannt hatte, dass all seine Bemühungen, seinem Schicksal zu entgehen, nur dazu geführt hatten, die dunkle Prophezeiung zu erfüllen.

Ich schenkte mir noch einen Kaffee ein, und während ich meine Augen über dem aufsteigenden Dampf schloss, wanderten meine Gedanken einige Jahre in meinem Leben zurück, in die Zeit, als ich noch gekifft, gerne mal ein Bier getrunken hatte und mit meinem Freund Henning durch die Kneipen gezogen war.

Wir hatten eine Menge Spaß, wir beide, trafen uns fast täglich nach der Arbeit und an den Wochenenden sowieso. Wir hingen ständig zusammen und hatten uns immer etwas zu erzählen. Wir alberten nach Herzenslust und vertrauten uns unsere Sorgen an, munterten uns gegenseitig auf, stritten auch manchmal, aber ohne deswegen böse aufeinander zu werden.

Wenn wir uns drei Tage nicht gesehen hatten, rief am vierten einer den anderen an, um ihn zu fragen, ob es ihm gut gehe oder etwas passiert sei. Kurz und gut, es war ein herzenssattes Verhältnis.

Dann aber fing es an, mit Henning komisch zu werden. Es begann damit, dass Henning, wenn wir in einer Kneipe Billard spielten, nebenbei die Spielautomaten fütterte. Mehrmals musste ich ihn daran erinnern, dass er hergekommen war, um mit mir zu spielen, und er am Zug war, was mitunter ein wenig nervte.

Henning war ein richtiger Zocker, er belegte immer zwei Automaten gleichzeitig und machte sich zwischendurch Notizen. Ich glaubte nicht so recht an die Möglichkeit, aus dem Erscheinen der Zahlen auf den Glücksspielautomaten ein System herausfinden zu können, aber Henning ließ sich nicht beirren. Er verfügte über eine gute Beobachtungsgabe und sehr schnelle Reflexe. So hatte er einmal herausbekommen, bei welchen Endziffernkombinationen Flipperautomaten ein

Freispiel spendierten. Und als ich mich wunderte, warum er seinen letzten Ball freiwillig verlorengab, zeigte er nur auf die Anzeige des Spielstands und triumphierte, als er dann wirklich eine Extrarunde spielen konnte.

Irgendwann zog es ihn fast nur noch in Kneipen und Spielhöllen, wo er die Automaten mit immer größeren Geldmengen fütterte. Mir wurde es langsam zu öde und ich fing an, mich bei meinem Freund über die Einseitigkeit unserer Unternehmungen zu beschweren.

Am darauffolgenden Abend klingele es an meiner Tür. Ich öffnete und sagte schnell: „Nein, danke. Ich habe schon einen Staubsauger", und schloss sie wieder. Als es erneut klingelte, öffnete ich nochmals, und betrachtete die Person auf der Schwelle genauer. Henning!

Wir waren wirklich nicht dafür bekannt, uns besonders aufwändig zu kleiden, fühlten uns im Gegenteil in Jeans und T-Shirt oder Pulli am wohlsten. Jetzt aber stand Henning da, hatte einen dunklen Anzug an und trug dazu ein schneeweißes Hemd und eine Fliege um den Hals. Ich lachte mich halb kaputt, aber Henning nahm es nicht krumm. Er fragte mich nur, ob ich nicht auch etwas Anständiges zum anziehen habe, meinen alten Konfirmandenanzug etwa, falls der noch passen sollte.

Ich staffierte mich entsprechend aus und fragte Henning zwischendurch, wo er denn überhaupt hingehen wolle.

„Ins Spielcasino", war seine Antwort.

Ich hatte mir schon beinahe so etwas gedacht. Da wir kein Auto hatten, fuhren wir standesgemäß mit dem Taxi zum Kurhaus. Ich war extrem nervös, denn das hier war absolut nicht mein Terrain. Ich stakste unsicher herum, bestaunte die Einrichtung und geriet beinahe in Panik, als Henning einmal für ein paar Minuten verschwunden war. Ich suchte hektisch nach meinem Freund und entdeckte ihn bald an einem Roulettetisch.

Im Gegensatz zu mir fühlte sich Henning hier wie zu Hause. Er war völlig locker, scherzte mit seinen Sitznachbarn, machte zwischendurch seine Einsätze und verhielt sich überhaupt so, als hätte er sein ganzes Leben lang nichts anderes getan, als Roulette zu spielen. Als ein Platz neben ihm frei wurde, setzte ich mich neben ihn. Henning drückte mir einige Jetons in die Hand, die ich als Einsatz auf den Tisch warf. „Bitte nur gestapelt setzen", herrschte mich der Croupier an. Nein, das hier war wirklich nicht meine Welt, und ich schwor mir, hier so schnell keinen Fuß mehr hineinzusetzen. Henning jedoch war vom Spielvirus infiziert. Die Sucht saugte ihn auf und aus. Er lebte nur noch, um zu spielen. Wir sahen uns nicht mehr so oft, ich fing an, eigene Wege zu gehen.

Natürlich mochten wir uns noch, aber unsere Interessen stimmten nicht mehr überein. Manchmal begegneten wir uns zufällig in der Stadt. Bei einer dieser Gelegenheiten erzählte mir Henning, dass er sich selbst bei der Spielbank habe sperren lassen. Er konnte seine Ausflüge ins Casino nicht mehr finanzieren. Sein Konto war hoffnungslos überzogen.

Ich war sehr froh, dass er nicht bereit war, kampflos aufzugeben, und hoffte, er würde die Kurve kriegen und seine Sucht in den Griff bekommen. Ich bot an, ihm Geld zu leihen, aber Henning lächelte nur und lehnte ab.

Er war abgemagert und sah überhaupt sehr schlecht aus. Wahrscheinlich aß er kaum noch vernünftig.

Als wir uns einige Wochen nach diesem Gespräch an einem Samstagvormittag in der Fußgängerzone über den Weg liefen, hatte Henning ein in mehreren Farben schillerndes Veilchen und quer über seiner Stirn klebte ein riesiges Pflaster. Henning wehrte meine Fragen ab und lud mich auf einen Kaffee ein. Er hatte noch weiter abgenommen und glich einem Magersüchtigen. Er rauchte wie ein Schlot, und seine Hände zitterten. Er konnte kaum stillsitzen und rutschte ständig auf seinem Stuhl herum.

An diesem Vormittag vertraute mir Henning an, dass er sich auf Hinterzimmerpoker eingelassen hatte. Ich war wie vor den Kopf geschlagen.

„Mensch, Henning. Das ist doch bestimmt gefährlich. Diese Typen verstehen sicher keinen Spaß, wenn du verlierst und deine Schulden nicht bezahlen kannst!"

Henning nickte. „Das ist genau der Punkt. Ich muss raus aus Wiesbaden."

Da konnte ich Henning nur stumpf anglotzen. Seine Sache musste sehr schlecht stehen, wenn er erwog, die Stadt zu verlassen. Er war in Wiesbaden geboren und hier aufgewachsen. Als seine Eltern in Bremthal, das etwa zwölf Kilometer von Wiesbaden entfernt lag, gebaut hatten, war Henning etwa zehn Jahre alt gewesen. Es hatte ihm sehr weh getan, seine Freunde und Spielkameraden verlassen zu müssen und er war zurückgekehrt, sobald er volljährig geworden war.

Eine Weile war es still zwischen uns. Dann fragte ich: „Wie viel?"

„Neunzigtausend D-Mark insgesamt."

Meine Augen wurden groß wie Untertassen. „Das glaube ich einfach nicht", sagte ich. „Diese Riesensumme hast du einfach verspielt?"

„Nicht nur verspielt." Henning zündete sich eine weitere Zigarette an. „Das meiste machen inzwischen die Zinsen aus. Ich musste mir Geld leihen. Von der Bank bekomme ich ja schon lange nichts mehr."

„Von wem hast du Geld geliehen?"

„Na, von denen."

„Die Gleichen, an die du verloren hast?"

Henning drückte seine Zigarette im Aschenbecher aus und nickte. Er trank seine Tasse leer und sah mir direkt in die Augen.

„Beim letzten Mal hatte ich so ein tolles Blatt. Es konnte eigentlich gar nichts schiefgehen. Aber der Typ kauft eine einzige Karte und hat 'nen Flush!"

„Die haben dich abgezockt", sagte ich „So richtig ausgezogen und abgekocht."

Henning zuckte die Achseln. „Und wenn schon, das ist jetzt auch egal." Er winkte der Bedienung um zu zahlen.

„Lass stecken", meinte er, als ich mein Portemonnaie zückte.

Ich wollte protestieren, aber Henning meinte nur, dass ich jetzt bloß nicht albern werden solle. Denn auf diesen Betrag komme es nun wirklich nicht mehr an.

„Warum bist du nicht lieber wieder ins Casino gegangen, anstatt dich mit diesem Gesindel einzulassen?", fragte ich.

Henning machte eine wegwerfende Handbewegung.

„Ich hatte mich doch sperren lassen."

„Du hättest in eine andere Stadt fahren können."

„Du hast keine Ahnung." Henning lachte rau. „Du weißt nicht, wie das ist, wenn das Verlangen in dir aufsteigt und dein Kopf voll ist mit dem einen Gedanken: Spielen, spielen, spielen. Und gewinnen. Dieses Mal ganz bestimmt. Da fängst du nicht erst an, in der Gegend rumzureisen."

„Du hättest die Sperre aufheben lassen können", beharrte ich.

Henning lächelte melancholisch. „Stimmt, aber ich war wohl auch neugierig. Neugierig und abenteuerlustig. Es war für mich wie eine Auszeichnung, als mir die Türen zu den Hinterzimmern geöffnet wurden. Ich fühlte mich privilegiert."

Darauf wusste ich nichts zu sagen. Wir standen auf und verließen das Café. Vor der Tür streckte mir Henning die Hand entgegen.

Überrascht von dieser förmlichen Geste reichte ich Henning meine Rechte. Er nahm sie und drückte sie fest. Dann zwinkerte er mir zu und ging davon, ohne sich noch einmal umzudrehen.

Ich sah ihm kopfschüttelnd nach, bis er um die nächste Ecke verschwunden war, und begab mich dann nachdenklich nach Hause, was damals in der Aarstraße lag.

Am Abend desselben Tages hielt ich es nicht mehr aus, ich musste Henning sehen. Ich wollte wenigstens versuchen, noch einmal mit ihm über seine Lage zu reden. Vielleicht würde uns doch eine Lösung einfallen, wenn wir gemeinsam nur lange genug überlegten.

Er wohnte damals in der Walkmühlstraße und auf dem Weg dorthin durchquerte ich die Düreranlagen. Weil es bis vor kurzem noch geregnet hatte, war ich der einzige Spaziergänger, der sich in dem Park aufhielt. Plötzlich hörte ich dumpfe Geräusche, die ich nicht einordnen konnte. Instinktiv bewegte ich mich nur noch so leise wie möglich vorwärts. Hinter einem Busch ging ich in Deckung und schaute vorsichtig um ihn herum. Durch die aufgerissene Wolkendecke strahlte der Vollmond, und so konnte ich die Szene, die sich nur wenige Meter vor mir abspielte, gut verfolgen.

Im Mondlicht sah ich zwei Männer, die auf eine am Boden liegende Person einschlugen, einer mit einer Stange und der zweite mit etwas, von dem ich vermutete, dass es ein Totschläger war. Ich war von diesem Anblick so schockiert, dass ich für Sekunden vergaß zu atmen.

Sie schlugen hart und ausdauernd, und das dumpfe Aufklatschen ihrer Schläge schien kein Ende nehmen zu wollen. Das am Boden liegende Bündel Mensch gab keinerlei Lebenszeichen von sich. Kein Schmerzensschrei, nicht einmal mehr ein Zucken.

Außer den Schlägen war nichts zu hören, kein Vogel der zwitscherte, kein Insekt, das summte. Schlag um Schlag klatschte auf den Körper, und auch die Schläger blieben stumm. Es war eine gespenstische Szene.

Wie erstarrt verharrte ich in meiner Position, Angst hatte sich mir wie eine Klammer um Brust und Magen gelegt. Ich hoffte, dass irgendetwas in mir wachsen würde, sie zu zersprengen, damit ich etwas tun konnte und nicht mehr feige hinter diesem Busch hockte, voller Schiss, entdeckt zu werden. Aber die Panik blieb, und ich sah weiter zu, wie die beiden Henning, meinem Freund, die Knochen zerschlugen und ihm die Milz aus dem Leib traten. Endlich, nach einer halben Ewigkeit, ließen die zwei von ihrem grausamen Tun ab.

Ich rutschte um den Busch herum, als ich sah, dass die Schläger in meine Richtung kamen, und wartete mit angehaltenem Atem, bis die beiden außer Sichtweite waren. Dann schlich ich hinüber zu Henning, warf einen kurzen Blick auf seinen zerschlagenen Körper und rannte aus dem Park zur nächsten Telefonzelle. Dort wählte ich den Notruf, nannte einen falschen Namen, schilderte, was ich beobachtet hatte, sagte, dass ich warten würde und blieb so lange in Hennings Nähe, bis ich sah, dass der Notarztwagen eintraf. Dann bin ich davongerannt und habe gemacht, dass ich wieder nach Hause kam.

Ich bin es nie losgeworden, dieses Gesicht, das sich derart in mein Gedächtnis eingegraben hat, dass es sofort vor meinem inneren Auge auftaucht, sobald ich ein dumpfes klatschendes Geräusch höre, dessen Ursprung ich nicht kenne. Zuletzt war das in jener Nacht gewesen, als Freddy Kissler ermordet wurde. Das Gesicht von einem der beiden Männer, die damals auf Henning eingeschlagen hatten, war seither ein fester Bestandteil meiner Erinnerung an diesen furchtbaren Abend.

Nachdem sie ihn hilflos zurückgelassen hatten, waren sie an mir vorbeigegangen. Ich schaute gerade in dem Moment hinter dem Busch hervor, als mir der eine Mann sein Gesicht zuwandte. Im hellen Mondlicht konnte ich es von meinem Versteck aus genau betrachten. Ich würde es jederzeit wiedererkennen. Ich wusste, dass ich es heute im Kurpark wiedergesehen hatte. Das Gesicht gehörte dem Mann mit dem Namen Bronski.

Die Ärzte flickten das, was Bronski und sein Kumpan von Henning übrig gelassen hatten, zusammen, so gut es eben ging. Sie gaben ihm ein Vollgebiss, klammerten, nagelten und schraubten ihm Metallplatten auf die Knochen und setzten ihm ein künstliches Auge ein. Der rechte Arm musste zwar nicht amputiert werden, würde aber steif bleiben, denn Ellbogen und Handgelenk waren komplett zertrümmert worden.

Nach einem sich lange hinziehenden Papierkrieg mit seiner Krankenkasse erhielt Henning einen motorisierten Rollstuhl.

Bronski wurde nie zur Rechenschaft gezogen, denn Henning hatte ihn der Polizei gegenüber niemals erwähnt. Über die Gründe konnte ich nur spekulieren. Angst vor Rache, Resignation, Verdrängung, manches kam in Frage. Vielleicht von allem ein bisschen. Die Spielschulden hat Henning bis heute nicht bezahlt. Vermutlich haben die Gläubiger irgendwann seine Spur oder ganz einfach das Interesse an ihm verloren. Seit jenem Abend in den Düreranlagen habe ich Henning nie mehr bei seinem Namen genannt. Er selbst wollte es so. Für mich und alle anderen war er seither nur noch der Cyborg oder Maschine.

Kapitel 14

Mein Kaffee war kalt geworden. Ich kippte ihn in den Ausguss und kochte mir einen neuen. Während ich ihn langsam schlürfte, überlegte ich, welche Konsequenzen meine Beobachtung im Kurpark mit sich brachte. Immerhin wusste ich jetzt, dass der große Unbekannte tatsächlich existierte. Und nicht nur das, ich kannte ihn sogar!

Blabber hatte zweifellos Angst vor Bronski, und das aus gutem Grund. Maschine hatte mit seiner Vermutung, dass der Marktleiter spielsüchtig sein könne, voll ins Schwarze getroffen. Im Gegensatz zu Kissler stimmte bei Blabber auch das Motiv für die Unterschlagung. Den Lagerarbeiter zu verdächtigen, dass er pro Woche mehrere tausend Euro einsackte oder verschob, nur weil seine Gehaltsforderung abgewiesen worden war, ergab einfach keinen Sinn. Bei dem spielsüchtigen Marktleiter lag der Fall jedoch anders.

Sorgen machte mir, dass Blabber meine Adresse kannte. Er hatte sogar vor wenigen Tagen selbst in meiner Wohnung gesessen. Was, wenn Blabber mich heute Abend erkannt und Bronski erzählt hatte, wo ich wohnte? Ich schob diesen Gedanken beiseite und zwang mich zur Ruhe. Warum hätte er das tun sollen? Das würde ihn selbst sicher nicht aus der Gefahrenzone herausbringen und für Rache hatte er eigentlich keinen Grund.

Ich konzentrierte mich auf mein weiteres Vorgehen, fragte mich, wie der Marktleiter reagieren würde, wenn ich ihn mit meiner Beobachtung konfrontierte. Vielleicht anonym, mit verstellter Stimme, per Telefon.

Ich griff zum Hörer, aber nicht um Blabber anzurufen. Stattdessen bestellte ich ein Taxi, mit dem ich nach Biebrich fahren wollte. Ich traute mich nicht, zur nächsten Bushaltestelle zu laufen.

Ich bat den Taxifahrer zu warten und schellte. Maschine rührte sich nicht. Ich drückte noch einmal auf den Klingelknopf, aber es tat sich noch immer nichts. Ich hätte besser vorher angerufen. Der Cyborg war möglicherweise schon so zugedröhnt, dass er gar nicht mehr fähig war, seine Wohnungstür zu öffnen.

Ich kehrte zum Taxi zurück und fuhr unverrichteter Dinge wieder nach Hause.

Am nächsten Morgen riss mich das Telefon in aller Herrgottsfrühe aus dem Schlaf. Es war Katrin. Ich hatte mein Versprechen, sie anzurufen, völlig vergessen.

„Da bist du ja endlich", sagte sie vorwurfsvoll. „Ich habe mir schon überlegt, die Polizei anzurufen. Wie ist es denn mit Blabber gelaufen?"

Ich erzählte ihr mit knappen Worten, was sich im Kurpark zwischen Blabber und Bronski abgespielt hatte. Dass ich Bronski kannte, erwähnte ich nicht, sagte aber, dass Bronski ein berüchtigter Schuldeneintreiber sei.

Katrin war ganz aus dem Häuschen.

„Dann ist der Fall ja geklärt ", jubelte sie. „Blabber hat Spielschulden, und um die bezahlen zu können, beging er die Unterschlagungen".

„Bleibt noch die Frage, wer Freddy getötet hat."

„Vielleicht ist er unserem Chef auf die Schliche gekommen, hat ihn an dem Abend überrascht und Blabber hat kurzen Prozess mit ihm gemacht."

„Diebstahl ist eine Sache, Mord eine andere", wandte ich vorsichtig ein. Für mich kam als Kisslers Mörder eher Bronski in Frage. Aber würde der Marktleiter Bronski einen Nachschlüssel für das Lager überlassen haben? In der Nacht, als Freddy Kissler erschlagen wurde, hatte ich nur zwei Stimmen gehört. Schwer vorstellbar, dass eine dritte Person während des gesamten Streits den Mund gehalten hatte, es sei denn, sie wäre stumm gewesen.

Gut, es war möglich, dass Bronski Blabber gezwungen hatte, ihm den Schlüssel zu überlassen. Dann wäre er allerdings schön blöd. Warum sollte er das Risiko eingehen, sich allein beim Warendiebstahl erwischen zu lassen, wenn er den Marktleiter persönlich dabei haben konnte, der ihm notfalls den Rücken freihielt? Aber vielleicht hatte er sich ja auch von Blabber einen Wisch unterschreiben lassen, der ihn berechtigte, nachts Ware abzuholen. Die Art, wie Freddy Kissler ermordet worden war, deutete jedenfalls auf Bronski als Täter.

Plötzlich bedrängten mich die Bilder von Maschines grotesk verdrehtem Körper auf der Wiese in den Düreranlagen und von Kisslers eingeschlagenem Schädel. Ich rieb mir heftig die Stirn.

Katrins Stimme riss mich aus meinen Gedanken und erinnerte mich daran, dass ich mit ihr telefonierte.

„Was ist los, hörst du mir überhaupt noch zu?"

„Ich, ja natürlich. Was hast du gerade gesagt?"

„Ich sagte, dass bereits jetzt am Montag Inventur ist. Da wird immer ein großes Brimborium veranstaltet. Der Gebietsleiter kommt und übergibt dem Marktleiter die Inventurbögen, erteilt Anweisungen und macht auf furchtbar wichtig. Blabber wird ihm bestimmt einiges zu erklären haben.

Ich werde versuchen, etwas von ihrer Unterhaltung aufzuschnappen."

„Sei bloß vorsichtig." Mir war nicht ganz wohl bei der Sache. „Du bekommst es möglicherweise mit einem Mörder zu tun."

Auf einmal war ich mir nicht mehr so sicher, dass Blabber als Kisslers Killer ausschied. Wer sagte denn, dass Bronski das Monopol auf mit stumpfen Waffen begangene Gewalttaten besaß? Katrin schien jedoch nicht sonderlich beeindruckt.

„Ich passe schon auf. Bist du Montagabend zu Hause?"

„Ich denke schon."

„Gut, ich ruf dich dann an."

Nachdem ich den Hörer aufgelegt hatte, überlegte ich, ob es sinnvoll war, noch einmal bei Maschine anzurufen. Seine Meinung, ob es klug war, Blabber mit meinem Wissen über seine Spielsucht zu konfrontieren, interessierte mich, denn wenn einer sich in die Psyche eines Spielsüchtigen hineinversetzen konnte, dann der Cyborg. Allerdings standen die Chancen, Maschine bei halbwegs klarem Kopf zu erwischen, zur Zeit wohl ziemlich schlecht. Daher ließ ich es doch lieber bleiben. Heute war ich sowieso zu nichts mehr zu gebrauchen. Ich würde ein anderes Mal zum Cyborg fahren.

Ich merkte plötzlich, wie müde ich noch immer war, und wollte nur noch zurück ins Bett. Ich vertrödelte beinahe den ganzen Samstag im Bett. Erst am frühen Abend stand ich kurz auf, um etwas zu essen. Danach legte mich erneut hin. Leider schlief ich ab dann nur die folgenden zwei bis drei Stunden gut. Den Rest der Nacht verbrachte ich, indem ich mich hin- und herwälzte, für kurze Zeit eindöste und beim leisesten Geräusch wieder hochfuhr. Gegen Morgen schlief ich zwar noch einmal tief ein, wurde aber bald durch eine Feuerwehrsirene unsanft aus einem Traum gerissen, an den ich mich nicht mehr erinnern konnte. Ich gab es auf. Mürrisch schälte ich mich aus dem Bett, kontrollierte, ob die Wohnungstür verschlossen war, nahm meinen ganzen Mut zusammen und tappte in die Duschkabine. Frisch geduscht mit einer Tasse Kaffee vor mir, fühlte ich mich gleich besser. Nach dem Frühstück checkte ich meine E-Mails. Es war nichts Interessantes dabei. Dann klingelte mein Telefon. „Guten Morgen, Tim. Habe ich dich geweckt?", fragte Le Meur.

„Nein", brummelte ich. Auf den Franzosen hatte ich heute überhaupt keine Lust. Hätte mich jemand vor die Wahl gestellt, wen ich heute weniger sehen wollte, ihn oder Sigrid, die Entscheidung wäre mir sehr schwer gefallen.

„Hast du etwas von Maschine gehört?", fragte Jelzin.

„Ich war vorgestern bei ihm, aber er hat nicht aufgemacht", antwortete ich. „Alle Rollläden waren heruntergelassen. Ich konnte nicht sehen, ob Licht brannte."

Ich hörte, wie der Franzose tief durchatmete.

„Ich fürchte, unser Freund fällt wieder in sein schwarzes Loch", sagte er. „Wie können wir ihm nur helfen?"

Irgendwie empfand ich Le Meurs Mitgefühl auf einmal als sehr anrührend. Ich mochte ihn dafür plötzlich richtig gut leiden.

„Ich wollte sowieso nochmal nach Biebrich fahren", sagte ich. „Vielleicht hat der Cyborg es gestern Abend nur etwas zu toll getrieben."

„Das ist eine prima Idee, Tim. Ich komme bei dir vorbei und hole dich ab."

Bevor ich etwas erwidern konnte, hatte Jelzin aufgelegt. Das ging mir nun wieder auf den Wecker. Le Meur hätte ruhig mein Einverständnis abwarten können, fand ich. Andererseits war der Abholservice wohl Le Meurs Art, mir seine Anerkennung zu zeigen. Ich hatte gemerkt, wie seine Stimme wärmer geworden war, als ich ihm von meinem Besuch bei Maschine erzählt hatte. Manchmal verwandelte sich der gallische Hahn in eine Glucke, die ihre Küken Maschine und Tim nur ungern aus ihren Fittichen entließ.

Ein durchdringendes Hupen, das von der Straße bis zu meiner Wohnung heraufdrang, machte mir eine halbe Stunde später laut und deutlich klar, dass die gallische Glucke ihren Wagen in der Hofeinfahrt geparkt hatte und auf mich wartete.

Ich machte, dass ich zum Auto kam, bevor ich es mir vollends mit den Nachbarn verdorben hatte.

Wie Sonntagvormittags üblich, war der Verkehr nur dünn, was bedeutete, dass Le Meur seinen roten Alfa Romeo voll ausfahren konnte. Mir wurde während der Fahrt wieder einmal ordentlich schlecht.

Das Bild, das Maschines Wohnung von außen bot, unterschied sich in nichts von dem bei meinem gestrigen Besuch. Heruntergelassene Rollläden und keinerlei Anzeichen, ob der Cyborg daheim war, ob er lediglich schlief oder schon nicht mehr lebte.

Jelzin wollte ein Fenster einschlagen, und ich konnte ihn nur mit Mühe von seinem Vorhaben abbringen. Er war voller Sorge um Maschine, lief um das Haus herum und klopfte gegen die Rollläden, bis sich Leute aus der Nachbarschaft darüber beschwerten, dass man nicht einmal mehr sonntags seine Ruhe habe.

Ich zerrte Le Meur zu einem Imbisslokal unter dem Vorwand, dort über unser weiteres Vorgehen zu beratschlagen.

Bei einer Tasse Kaffee setzte ich dem Franzosen geduldig auseinander, dass dies nicht Maschines erste Depression war und er schon wieder auf die Beine kommen würde.

Jelzin sah mich skeptisch an, und ich erklärte, dass er das nicht wörtlich nehmen solle.

Ich wusste gar nicht, woher ich die Kraft nahm, das alles hier durchzustehen. Ich war selbst mit meinen Nerven ziemlich am Ende und fühlte mich durch Jelzins Auftritt in jene Zeit zurückversetzt, als ich begann, mich von den beiden zurückzuziehen, weil ich ihre Stimmungen nicht mehr ertragen konnte.

Le Meur beruhigte sich langsam und wir einigten uns darauf, die nächste Woche erst einmal nichts zu unternehmen, in der Hoffnung, dass Maschine sich wieder fangen würde. Diese Hoffnung war zugegebenermaßen mehr als vage, aber zu meiner eigenen Überraschung ließ sich Jelzin darauf ein. Er zückte die Brieftasche, um zu zahlen, aber ich bestand darauf, ihn einzuladen. Ich fand, es war an der Zeit, mich von Le Meurs Fürsorge zu emanzipieren.

Der Franzose warf einen langen Blick auf mein dickes Portemonnaie und fragte, ob ich immer noch die Angewohnheit habe, jede Quittung aufzuheben.

„Klar", sagte ich. „Wer weiß, vielleicht komme ich dieses Jahr noch zu richtig viel Geld und muss eine Einkommensteuererklärung abgeben. Die Belege bleiben jedenfalls bis Ende des Jahres hier drin."

„Ich verstehe", sagte Jelzin. „Dein alter Traum vom lockeren Botengang. Bitte sehr, Herr Corleone, und so weiter."

Er lächelte sardonisch.

Es wäre eine gute Gelegenheit gewesen, Le Meur über seinen Irrtum mit den Dienstplänen aufzuklären, aber ich hatte mich entschlossen, das bleiben zu lassen. Mit dem Auftauchen Bronskis war ein Element in diesen Fall gekommen, das nur Maschine und mich etwas anging. Ich wusste nicht, was mich da ritt, vielleicht bildete ich mir ein, etwas gutmachen zu können, was nicht mehr gutzumachen war. Das war jedenfalls der wahre Grund dafür gewesen, dass ich Maschine hatte besuchen wollen.

Wir hatten nie darüber gesprochen, was damals im Park geschehen war. Mehr tot als lebendig hatte er mich natürlich nicht erkennen können, und ich hatte ihm weder erzählt, dass ich es gewesen war, der den Notarzt gerufen hatte, noch, dass ich hinter dem Busch gesteckt und alles mit angesehen hatte, ängstlich darauf bedacht, mich nicht selbst in Gefahr zu bringen. Vielleicht ahnte der Cyborg mein schlechtes Gewissen ihm gegenüber, aber wenn dem so war, dann ließ er es mich nicht wissen.

Le Meur setzte mich daheim ab, und ich versprach, mich bei ihm zu melden, wenn sich bei Maschine etwas Neues ergeben würde. Das war natürlich nur eine Floskel. Ich war davon überzeugt, dass der Franzose unseren gemeinsamen

Freund eher als ich wiedersehen würde. Doch da sollte ich mich irren.

Als ich meine Wohnung betrat, hörte ich gerade eine mir wohlbekannte Stimme den Anrufbeantworter besprechen. Sigrid bedauerte, mich nicht erreicht zu haben, denn sie hätte sich gerne mit mir getroffen. Ich würde mich hüten, jetzt abzuheben oder später zurückzurufen. Was hatte ich ihr auch den Kuss auf die Wange drücken müssen.

Nachdem Sigrid wieder aufgelegt hatte, spulte ich das Band zurück und schaltete den Anrufbeantworter wieder auf Empfang. Dann legte mich in meinen Klamotten auf das Bett. Den Rest des Sonntags verbrachte ich im Müßiggang. Ich wusste, die kommende Woche würde hart werden. Ich hatte ja
keine Ahnung, wie hart.

*

Montagmittag rief mich Katrin während ihrer Mittagspause an. Sie klang sehr aufgeregt. „Blabber, dieser Mistkerl!"

„Langsam", sagte ich. „Was ist passiert?"

„Der Gebietsleiter ist heute Vormittag eingetrudelt, wie ich gesagt habe."

„Ja, und?"

„Blabber hat ihm vor versammelter Belegschaft gesagt, dass Freddy Waren verschoben habe und deswegen das Inventurergebnis wohl nicht besonders gut ausfallen würde. Blabber war so unverfroren zu behaupten, dass alle Mitarbeiter über Freddys Vergehen Bescheid wüssten und es deswegen keinen Grund gebe, diese Tatsache zu verheimlichen."

Ich konnte hören, wie Katrin nach Luft schnappte.

„Das war klug agiert von Blabber", sagte ich. „Angriff ist in diesem Fall für ihn die beste Verteidigung. Seinem Vorgesetzten gegenüber muss er sich als dynamischer Marktmanager präsentieren, Das wird von ihm erwartet."

Katrin lachte sarkastisch auf.

„Oh ja, genau so hat er sich verkauft. Er brüstete sich damit, auf eigene Kosten einen Detektiv angeheuert zu haben, damit meinte er wohl dich, und ließ sich das von Schüssel vor dem Gebietsleiter bestätigen."

„Streng genommen, hat Blabber da nicht gelogen", wandte ich ein. Ich ärgerte mich ein wenig darüber, dass Katrin meinen detektivischen Fähigkeiten anscheinend nicht so recht traute.

„Wie Herr Saubermann persönlich hat er sich aufgeführt, mein lieber Chef, aber die Suppe habe ich ihm gehörig versalzen!", erklärte Katrin, ohne auf meinen Einwand einzugehen.

„Wieso?" Ich hörte die Alarmglocken schrillen.

Katrin holte erneut tief Luft. „Blabbers Geschwätz, dass er den Tod eines Mitarbeiters zwar tief bedauere, andererseits aber nicht übersehen dürfe, dass dieser Mitarbeiter der Firma großen Schaden zugefügt habe, ging mir schließlich so auf die Nerven, dass ich ihm vor allen Leuten, auch in Anwesenheit des Gebietsleiters, auf den Kopf zusagte, dass er spielsüchtig und Freddys Schuld nicht erwiesen sei."

„Du bist wohl verrückt geworden", war alles, was ich dazu sagen konnte.

Katrin ließ sich jedoch nicht beirren. Ihr Triumphgefühl versetzte sie in Hochstimmung.

„Glaub mir, Blabber war völlig von den Socken. Was hatte er sich fein gemacht, für seinen heutigen Auftritt vor seinem Vorgesetzten. Er trug sogar goldene Manschettenknöpfe, richtig protzig, mit aufgeprägter Weltkugel."

Katrin verschluckte sich fast vor Lachen.

„Ich habe ihm prophezeit, dass er die ja wohl demnächst ins Pfandhaus bringen müsse. Mann, ist der blass geworden!"

„Das war doch sicher noch nicht alles. Hat er auch auf andere Weise reagiert?", wagte ich vorsichtig zu fragen.

„Nachdem er den ersten Schock überwunden hatte, wollte er den großen Chef markieren und mich runterputzen, aber diesmal habe ich ihm die Stirn geboten. Mir ist es inzwischen egal, ob ich gefeuert werde. Ich bin aber noch nicht fertig. Das Beste kommt noch."

„Lass hören", sagte ich, teilweise in gespannter Erwartung, teilweise voller Furcht. Katrin hatte sich für mein Empfinden viel zu weit aus dem Fenster gelehnt, aber im Moment war mit ihr darüber nicht zu reden.

„Ich habe gestern noch etwas anderes herausgefunden." Der Stolz in Katrins Stimme war nicht zu überhören.

„Nun erzähl schon und mach es nicht so spannend", drängte ich.

„Eine Freundin von mir arbeitet im Tierheim, ehrenamtlich. Gestern rief sie mich an und wir plauderten ein wenig. Da kam mir der Gedanke, sie zu fragen, ob sie vielleicht Blabbers Hund kannte, du weißt schon, diesen Rottweilermischling. Blabber hatte ja vorher keinen Hund und geizig wie er ist, würde er niemals viel Geld für einen hinlegen, schon gar nicht, wenn er vor lauter Spielschulden pleite ist."

„Und weiter?"

„Silke, also meine Freundin, konnte sich nicht nur an Fatzo, sondern auch an Blabber sehr gut erinnern. Beim Tierheim waren sie sich nämlich zuerst gar nicht sicher, ob sie Blabber den Hund geben sollten."

„Ach ja, wieso denn nicht?"

„Erstens, weil er generell den Eindruck machte, von Hundehaltung keine Ahnung zu haben, und zweitens, wegen seiner Bemerkung, das Tier müsse ruhig auch mal zubeißen können. Auf Nachfrage erklärte Blabber, er wolle den Hund zu Schutzzwecken ausbilden lassen."

Katrin lachte höhnisch.

„Von wegen Ausbildung. Blabber wollte einen bissigen Hund, um sich diesen Schläger vom Hals zu halten."

Ich stimmte ihr zu. Mir wurde ganz anders bei dem Gedanken, dass Fatzo, der bissige Schutzhund, mir in Schüssels Büro, als ich ohnmächtig geworden war, über das Gesicht geleckt hatte.

„Du hast Blabber doch nicht etwa auch auf Bronski angesprochen?", fragte ich vorsichtig.

„Nein, aber das wäre ein Gedanke."

„Untersteh dich!", rief ich erschrocken. Eine Forderung, die einzig dazu angetan war, Katrins Trotz hervorzurufen.

„Du, meine Pause ist zu Ende. Glaub mir, Ich habe Blabber ganz schön eingeheizt. Der steht so unter Druck, dass er bald einen Fehler macht." Ich wollte etwas erwidern, aber Katrin ließ mich nicht zu Wort kommen.

„Ich rufe dich an, sobald es etwas Neues gibt", verkündete sie und legte auf.

Ich knallte fluchend den Hörer auf die Gabel und zog meine Schuhe an. Das Gespräch konnte so nicht zu Ende sein. Katrin hatte anscheinend keine Ahnung, worauf sie sich einließ. Die Gute war dabei, Blabber wie ein wildes Tier in die Enge zu treiben. Man musste kein Genie sein, um zu wissen, dass ein wildes Tier angriff, wenn ihm keine Möglichkeit mehr zur Flucht blieb.

Ich würde Katrin gehörig den Kopf waschen, damit sie wieder zur Besinnung kam. Dass Blabber mich im Kaufdas nicht mehr sehen wollte, war mir in diesem Moment egal. Meine Wut auf Katrin und die gleichzeitige Angst davor, dass ihr etwas zustoßen könnte, ließen mich sogar meine Furcht vor Bronski vergessen.

Ich stürmte aus der Wohnung und rannte zur Bushaltestelle. Beim Kaufdas erwartete mich allerdings eine böse Überraschung. Dabei hätte ich es wissen müssen. Auf zwei großen Aushängen an den gläsernen Eingangstüren bat die Marktleitung die *sehr verehrten Kunden* um Verständnis, dass der Markt heute Nachmittag wegen Inventur geschlossen blieb.

Durch die Glasscheiben konnte ich vereinzelt Menschen herumwuseln sehen, etwa die Hälfte von ihnen war mit Stift und Klemmbrett ausgerüstet. Nur wenige trugen die blaue Kaufdas-Uniform. Die Mehrheit arbeitete in normaler Straßenkleidung. Extra für die Inventur angeheuerte Aushilfskräfte, wie ich vermutete.

Alle bemühten sich geflissentlich, meine Anwesenheit zu ignorieren. Ich überlegte kurz, mich durch Klopfen an der

Scheibe bemerkbar zu machen, fürchtete aber, die Aufmerksamkeit von Blabber oder seinem Buchhalter Schüssel zu erregen. Am Ende würde ich noch Katrin gefährden, wenn uns jemand zusammen sah. Also zog ich mich unauffällig zurück und ging unverrichteter Dinge wieder nach Hause.

Ich wusste, dass Inventuren sich oft über die Ladenöffnungszeiten hinauszogen. Da Blabber als Marktleiter bis zum Ende der Arbeiten anwesend sein musste, war nicht anzunehmen, dass ihm heute noch Zeit für irgendwelche Aktivitäten übrig blieb. Gut möglich, dass auch noch der eine oder andere Mitarbeiter bis zum Schluss blieb. Ein Ausräumen des Warenlagers war in dieser Nacht also eher unwahrscheinlich. Blabber zu observieren oder das Kaufdas-Lager im Auge zu behalten, war demnach heute überflüssig. So war ich unverhofft zu einem weiteren freien Abend gekommen. Diesen in der Wohnung zu verbringen, hatte ich trotz meiner Angst vor Bronski keine Lust. Mir stand der Sinn nach einem Kinobesuch.

Ich kannte in Wiesbaden nur ein einziges Programmkino, das diese Bezeichnung meiner Meinung nach verdiente. Es befand sich hinter der Marktkirche. Wenn ich mich beeilte, konnte ich rechtzeitig um acht Uhr dort sein.

Bevor ich das Haus durch die Toreinfahrt verließ, atmete ich ein paar Mal tief durch. Meine Angst, dass Bronski mir auflauern könnte, war noch nicht verschwunden, aber ich wusste, dass ich mich nicht ewig würde verstecken können.

Ich hatte Glück und erwischte an der Emser Straße einen Bus, mit dem ich bis zur Ecke Schwalbacher Straße fahren konnte. Anschließend überquerte ich die Kreuzung, über die früher einmal eine Hochstraße geführt hatte. Die war inzwischen aber wieder abgerissen worden.

Auf meinem Weg den Michelsberg hinunter bis zum Schlossplatz und dem dahinter liegenden Marktplatz, schaute ich mich immer wieder um, ob mir jemand folgte. Mir fiel jedoch nichts auf.

Die Vorstellung war schlecht besucht. Kaum ein Dutzend Zuschauer verloren sich im Kino. Ich suchte mir einen Platz und setzte mich.

In einer Film-Noir-Reihe wurde ein alter Detektivfilm mit Humphrey Bogart in der Hauptrolle gezeigt. Eine attraktive Blondine kam in das Büro des Detektivs gestöckelt, heulte ihm was vor und machte auf schutzloses Weibchen. Bogey fiel prompt darauf herein und merkte erst allmählich, dass das Luder ihm einen ganzen Haufen Lügen aufgetischt hatte. Bis es so weit war, musste er jede Menge Hiebe einstecken und sprang dem Tod einige Male nur um Haaresbreite von der Schippe. Zum Schluss verhalf der Held der Gerechtigkeit zum Sieg, war aber genauso arm dran, wie zu Beginn des Falles. Nicht gerade aufbauend für einen angehenden Privatdetektiv wie mich.

Auf dem Nachhauseweg nahm ich mir vor, mich vor dem nächsten Kinobesuch über das Programm zu informieren.

Das Lämpchen an meinem Anrufbeantworter blinkte. Ich hörte das Band ab.

„Ich bin es, Katrin. Schade, dass ich dich nicht selbst erreiche. Warum hast du auch kein Handy? Hör zu, Blabber hat ordentlich Fracksausen. Er ist noch einmal auf mich zugekommen und hat mir tatsächlich Geld angeboten, wenn ich den Mund halte. Kannst du dir das vorstellen? Das ist die Gelegenheit, ihn zu überführen! Ich bin zum Schein darauf eingegangen. Er will sich mit mir nach der Inventur in Biebrich am Rheinufer treffen. Bei den Bushaltestellen, gegenüber der Anlegestelle von der Köln-Düsseldorfer."

Mein Pulsschlag beschleunige sich mit jedem Wort von Katrin.

„Ich nehme an, dass wir hier so gegen neun fertig sind. Ich habe ihm gesagt, dass ich mir das erst noch ein paar Minuten überlegen muss und mich kurz abgeseilt, um zu telefonieren. Ich wollte zuerst mit dir darüber sprechen. Wirklich schade, dass du nicht daheim bist. Aber ich weiß jetzt, wie ich es mache. Ich werde Blabber anbieten, mich um zehn Uhr an der verabredeten Stelle zu treffen. Ich gehe vorher bei mir Zuhause vorbei und nehme mein Diktiergerät mit. Das habe ich irgendwann bei einem Preisausschreiben gewonnen und bis heute nichts damit anfangen können. Vielleicht kann ich Blabber zu einem Geständnis verleiten. Mach dir keine Sorgen. Es wird schon nichts passieren. Du hast ja selbst gesagt: Diebstahl ist eine Sache, Mord eine andere."

Kapitel 15

Ich war wie vor den Kopf geschlagen. Ein Blick auf die Uhr sagte mir, dass Katrin sich gerade in diesem Augenblick mit Blabber treffen musste. Ich riss den Telefonhörer von der Gabel und wählte Katrins Handynummer – keine Verbindung. Ich wählte die Nummer eines Taxiunternehmens und versuchte dem Mensch von der Zentrale begreiflich zu machen, dass ich ganz dringend einen Wagen brauchte. Anscheinend hörte der das aber jeden Tag so häufig, dass man ihn damit nicht mehr beeindrucken konnte.

Ich knallte den Hörer zurück auf die Gabel, um ihn gleich darauf wieder in die Hand zu nehmen. Maschine wohnte am Rheinufer. Vielleicht hatte er ja gerade jetzt einen lichten Moment und nahm ab. Vielleicht war sogar Jelzin bei ihm, und der Franzose konnte Katrin zu Hilfe eilen. Ich hämmerte auf die Tasten und tickte mit dem Fingernagel gegen den Hörer – nichts. Ich wurde aus der Leitung geschmissen, ohne dass die Verbindung zustande gekommen war.

Ich schnappte mir eine Taschenlampe und verließ die Wohnung, um in der Einfahrt vor dem Haus auf das Taxi zu warten.

Ich reckte den Hals abwechselnd in die eine, dann wieder in die andere Richtung, lief ein paar Meter die Straße entlang, wechselte auf die andere Seite, wartete weiter. Dann sah ich den Wagen, nach einer halben Ewigkeit, wie mir schien, dabei waren es nur wenige Minuten gewesen.

Der Taxifahrer wirkte auf mich, als würde er erst einmal eine Grundsatzdiskussion über Sinn und Zweck der Straßenverkehrsordnung vom Zaun brechen, sollte ich ihn bitten, schneller zu fahren. Daher hielt ich den Mund und starrte mit zusammengebissenen Zähnen durch die Windschutzscheibe.

In der Rathausstraße, einige Meter oberhalb der Rheingaustraße, stieg ich aus und hielt Ausschau nach Katrins Käfer. Ich entdeckte ihn bald zwischen zwei anderen Wagen. Katrin musste also noch irgendwo hier in der Nähe sein. Ich schlich die letzten Meter geduckt bis zum Rheinufer, dabei im permanenten Wechsel nach rechts und links blickend. Niemand zu sehen. Die drückende Schwüle wirkte auf Spaziergänger wohl eher abschreckend. Ein Gewitter war längst überfällig.

Plötzlich kam Wind auf und ließ die Wellen stärker ans Ufer
klatschen. Irgendwo schlug eine Kette gegen einen Pfosten.

Der Himmel hatte sich zugezogen, und ich war froh, die Taschenlampe dabei zu haben. Einige der Laternen entlang der Uferpromenade waren beschädigt. Höchstwahrscheinlich das Werk jugendlicher Vandalen.

Auf einem Sitz an der Bushaltestelle saß eine zusammengesunkene Gestalt. Ich zuckte zusammen, als ich sie sah und ging langsam darauf zu. Es war nur ein Betrunkener.

Plötzlich traf mich die Erkenntnis mit einem derben Schlag in die Magengrube: Blabber hatte Katrin in den Rhein geworfen, und sie drohte nun zu ertrinken. Mein Herz begann zu rasen. Ich trat näher ans Ufer, lehnte mich über das Geländer und ließ den Lichtkegel meiner Lampe über das Wasser gleiten. Keine Spur von Katrin. Ich musste näher ran an das Ufer.

Der Zugang auf die Anlegebrücke eins war gesperrt. Ich überlegte kurz, über die Absperrung zu klettern, besann mich aber anders. Links von mir befand sich eine Metallleiter, die hinunter zum Fluss führte. Ich schwang mich über das Geländer und trat vorsichtig auf die oberste Sprosse.

Hier vorne waren fast alle Laternen kaputt. Es war so dunkel, dass ich nur undeutlich die Umrisse des wenige Meter von mir entfernten Pegelturms erkennen konnte. Zu meiner Rechten wucherte irgendwelches Gestrüpp und verdeckte mir die Sicht. Von Ferne hörte ich einen Schiffsmotor tuckern. Ich kletterte weiter nach unten und leuchtete sorgfältig die Wasseroberfläche ab.

Da war sie. Ich sah Katrin unterhalb des Gebüschs im Wasser treiben. Zwar konnte ich zunächst nur ihren Hinterkopf sehen, weil ihr Gesicht im Wasser lag, aber es war eindeutig Katrin. Unverkennbar ihre Frisur, ihre Kleidung, ihre Gestalt, die, von den ans Ufer klatschenden Wellen bewegt, sanft im Wasser schaukelte. Es handelte sich so sicher um Katrin, dass noch nicht einmal die verzweifelt irrsinnige Hoffnung, jemand anderer könne mit ähnlicher Kleidung und Frisur in den Rhein geworfen worden sein, in mir Nahrung finden konnte. Stattdessen machte sich in mir bloß eine unendlich große Traurigkeit breit, die mich lähmte.

Die Wellen hatten inzwischen den leblosen Körper zu mir hergetrieben und um die eigene Achse gedreht. Als eine etwas stärkere Welle den Kopf von Katrins Leiche kurz anhob, erkannte ich deutlich ein kleines Loch in ihrer Stirn, um dessen Rand Blut klebte.

Ich war unfähig, etwas zu tun, erst das Geräusch eines vorbeibrummenden Diesellasters holte mich aus meiner Erstarrung. Ich kletterte wieder nach oben, und als ich dort angekommen war, umklammerte ich das Geländer so fest, als wollte ich es nie mehr loslassen.

Meine Taschenlampe hatte ich achtlos fallen gelassen, ohne sie vorher auszuschalten. Als ich sie nun wieder aufheben wollte, sah ich in dem Lichtkegel etwas aufblitzen. Ich bückte mich, nahm es in die Hand und betrachtete es. Dann holte ich ein Päckchen Taschentücher aus meiner Tasche, streifte die Plastikhülle ab, stopfte die Papiertücher lose in die Hosentasche und legte mein Fundstück vorsichtig in die Hülle.

Katrin, ach Katrin, warum warst du so ungeduldig. Du hättest nicht auf eigene Faust handeln sollen. Ich suchte noch einige Minuten lang das Gelände ab, fand aber nichts mehr. Dann ging ich zu einer Telefonzelle. Auf meinem kurzen Weg dorthin kam mir der Gedanke, dass ich mich langsam selbst verdächtig machte, wenn ich mich schon wieder in der Nähe einer Leiche blicken ließ. Ich hatte wirklich keine Lust, mich ein weiteres Mal der ganzen Prozedur zu unterziehen, die ein Zeuge mitmachen muss. Ich beschloss daher, die Kripo anonym von Katrins Tod zu unterrichten. Der Gedanke war an sich nicht schlecht, wenn ich nur in der Lage gewesen wäre, meinen Kopf beisammenzuhalten, was mir unter den gegebenen Umständen verständlicherweise schwerfiel.

So wählte ich gewohnheitsmäßig die Nummer von Le Meurs Büro. Ausgerechnet an diesem Abend schob der Franzose noch Dienst. Im ersten Moment war ich so verdattert, dass ich mich beinahe mit Namen gemeldet hätte. Das konnte ich aber gerade noch verhindern, indem ich mir auf die Lippe biss.

„Hallo?", hörte ich Le Meur fragen.

Es war an der Zeit, dass ich etwas von mir gab. Ich schraubte meine Stimme eine Oktave höher und meldete: „Hier ist ein

Mord passiert."

„Tim, bist du es?" Auch das noch!

„In Biebrich am Rheinufer, etwa in Höhe der Rathausstraße", fistelte ich weiter. „Die Leiche treibt im Wasser."

Ich legte schnell auf.

Hatte Jelzin mich wirklich erkannt? Wahrscheinlich hatte er nur geraten, beruhigte ich mich, während ich mich zu Fuß auf den Weg zurück nach Wiesbaden machte. Ich würde eine ganze Weile unterwegs sein, aber das machte mir nichts aus. Es kümmerte mich nicht einmal mehr, ob ich vielleicht Bronski in die Arme lief.

140

Mechanisch setzte ich einen Fuß vor den andern, verzweifelt, ratlos und unfähig, einen klaren Gedanken zu fassen. Als ich irgendwann meine Hand in die Hosentasche steckte, fühlte ich die Plastikhülle. Plötzlich erinnerte ich mich an den Gegenstand, den ich eingesteckt hatte. Es handelte sich um ein wichtiges Beweisstück, und ich hatte es unterschlagen. Was hatte mich nur geritten, es in die Tasche zu stecken? Vermutlich der Schock.

Ich war beinahe bis ans andere Ende der Rathausstraße gelaufen, als mir ein Streifenwagen entgegenkam. Bis ich die Biebricher Allee erreicht hatte, würden die Polizisten Katrin gefunden haben.

Etwa auf Höhe des Konrad-Adenauer-Rings bekam ich einen Weinkrampf. Ich hielt den Kopf gesenkt und lief weiter geradeaus, während mir die Tränen das Gesicht hinunterliefen.

Nachdem ich mich ausgeweint hatte, ging es mir nicht gerade besser, aber ich wusste plötzlich, was ich tun würde. In meiner ersten Hilflosigkeit hatte ich darauf gehofft, ein intergalaktisches Killer-Kommando würde auftauchen und Blabber in Stücke pusten. Bald darauf war jedoch in mir die Einsicht gewachsen, dass ich die Sache selbst in die Hand nehmen musste. Blabber würde bezahlen, und wenn ich mit ihm fertig war, würde er sich wünschen, ich hätte seinen goldenen Manschettenknopf mit der eingravierten Weltkugel der Polizei übergeben.

Zuhause wühlte ich das Badezimmerschränkchen durch, in der Hoffnung, eine vergessene Schlaftablette zu finden. Ich brauchte unbedingt Ruhe, sonst würde ich durchdrehen. Ein, zwei Tage würde ich mich still verhalten, bevor ich Blabber auf die Pelle rückte. Vielleicht kam ihm die Polizei bis dahin auf die Schliche. Der Umstand, dass Katrin und Freddy beide in derselben Kaufdas-Filiale gearbeitet hatten, musste den Ermittlern doch zu denken geben.

Ich fand kein Schlafmittel. Die Sucherei hätte ich mir eigentlich sparen können, denn ich greife nur im äußersten

Notfall zu Medikamenten. Das hier war ein Notfall, aber auf den war ich nicht vorbereitet gewesen. Das Einzige, was mir jetzt noch einfiel, war eine warme Honigmilch, aber um die zu bekommen, hätte ich einen Topf mit Milch auf den Herd stellen müssen und dazu fühlte ich mich nicht in der Lage.

An Schlaf war also bis auf Weiteres nicht zu denken. Ich setzte mich an den Küchentisch, packte Blabbers Manschettenknopf aus und versuchte, während ich darauf starrte, meine Gedanken zu ordnen und zu verstehen, was alles schiefgelaufen war.

Bisher hatte ich Blabber völlig falsch eingeschätzt, ihn bloß für ein tragisches Opfer seines Lasters gehalten. Ein launischer Mensch, der seine Spielsucht nicht besiegen konnte, in dunkle Kreise geraten war und sich immer mehr in eine Abhängigkeit von seinen Gläubigern begeben hatte. Ein im Grunde bedauernswerter Mann, der in Schwierigkeiten steckte.

Diese Einschätzung war sicher richtig, aber leider nicht vollständig gewesen. Denn Oswald Blabber war eben auch jemand, der beim Ausräumen seiner Schwierigkeiten buchstäblich über Leichen ging. Für mich waren der Mord an Freddy Kissler und die Unterschlagungen bei Kaufdas zwei verschiedene Paar Schuhe gewesen. Diebstahl hätte ich dem Marktleiter ohne Weiteres zugetraut, aber keinen Mord.

Als ich den Schuldeneintreiber Bronski zusammen mit Blabber im Park beobachten konnte, hatte ich meinen Mörder gefunden und sah meine Annahme bestätigt, dass es für zwei unterschiedliche Vergehen auch zwei Täter geben müsse. Blabber, der Dieb. Bronski, der Mörder. Und Katrin hatte mir geglaubt! Meine fatale Fehleinschätzung war ihr zum Verhängnis geworden. Erst als sie mir über den Anrufbeantworter mitgeteilt hatte, sich mit Blabber treffen zu wollen, war mir der Gedanke gekommen, dass ich mich irren könnte, aber da war es schon zu spät gewesen. Ich hätte gut daran getan, meinen Klienten Oswald Blabber nicht nur als Auftraggeber, sondern gleichzeitig als Hauptverdächtigen zu sehen.

Der Kinofilm, den ich heute Abend gesehen hatte, fiel mir ein. In meinem Fall war es gar nicht nötig gewesen, dass sich das Böse in der Gestalt einer attraktiven Blondine verbarg, die mir allerlei Lügen auftischte. Zu mir war das Böse ganz offen in der Gestalt des schwitzenden, fetten und despotischen Kapitalistenknechts Oswald Blabber, in Begleitung seines Kacke fressenden Köters Fatzo gekommen, und ich hatte mir nichts dabei gedacht.

Kapitel 16

Ich hatte, ehrlich gesagt, überhaupt keine Ahnung, was ich nun anfangen sollte. Ich saß noch eine Weile herum, drehte das Plastiktütchen mit Blabbers Manschettenknopf darin zwischen meinen Fingern hin und her und glotzte stumpf auf den Küchentisch, bis mein Kopf immer häufiger nach unten sackte und schließlich sachte auf die Tischplatte glitt. Schon nach wenigen Minuten, schien mir, wachte ich wieder auf. Vielleicht würde ich im Bett weiterschlafen können.

Auf meinem Weg ins Schlafzimmer sprang mir das Lämpchen meines Anrufbeantworters ins Auge. Ich spulte das Band zurück und hörte Le Meurs Stimme. Sie klang ungewöhnlich ernst. Er erwähnte nicht, dass die Polizei Katrins Leiche gefunden hatte, aber es konnte nur darum gehen. Jelzin verlangte dringend, dass ich mich bei ihm meldete und betonte ausdrücklich, dass ich nur zu gut daran täte, ihn umgehend zu kontaktieren, da ich dabei sei, mir eine Menge Unannehmlichkeiten einzuhandeln.

Ich dachte gar nicht daran. Dumm war nur, dass mir jetzt keine Zeit mehr blieb, einen ausgeklügelten Plan für meinen Rachefeldzug gegen Blabber auszuhecken. Offenbar rückte ich wegen meiner Kontakte zu Freddy und Katrin in den Kreis der Verdächtigen.

So wie die Dinge lagen, musste ich damit rechnen, dass in den nächsten Stunden eine Hundertschaft zuerst meine Wohnung auseinander- und anschließend mich aufs Revier mitnehmen würde.

Derart unter Zugzwang geraten, sah ich keinen Grund mehr, auf meine oder gar Blabbers Nachruhe Rücksicht zu nehmen, und griff zum Telefon. Mir grimmiger Zufriedenheit stellte ich fest, dass Blabber anscheinend noch in den Federn lag. Ich ließ es ungefähr zwanzig Mal läuten, hängte ein, bevor die Verbindung gekappt wurde und drückte die Wahlwiederholung.

Plötzlich beschlichen mich Zweifel, dass Katrins Mörder sich nach seiner Bluttat so mir nichts dir nichts ins Federbett gelegt hatte und nun sanft dem kommenden Morgen entgegenschlummerte. Ich wollte diesmal schon nach dem sechsten Läuten wieder auflegen, als ich Blabbers mürrische und verschlafene Stimme hörte.

„Hallo."

„Konnten Sie tatsächlich ruhig schlafen, Sie mieser Drecks-
kerl?", presste ich wutentbrannt hervor.

Blabber mimte den Verständnislosen. Gar nicht mal schlecht, wie ich insgeheim zugeben musste.

„Wer sind Sie, wer spricht denn da? Ich glaube Sie sind falsch verbunden."

„Keineswegs, Drecksack. Ich habe die Nummer eines spielsüchtigen Mörders gewählt, der zwei seiner Angestellten umgebracht hat, nachdem sie ihm wegen seiner Unterschlagungen auf die Schliche gekommen sind."

Das hatte gesessen. Einige Sekunden war es still in der Leitung. Blabbers Selbstsicherheit war erschüttert. Den Beweis dafür lieferte er mir selbst – durch die nicht gerade intelligente Wiederholung seiner ersten Frage.

„Verdammt nochmal, wer sind Sie?"

Ich ließ ihn schmoren, aber dann dämmerte es ihm.

„Strecker, Sie sind es. Ich habe Sie erst gar nicht erkannt. Ihre Stimme klang so verändert. Was wollen Sie? Wissen Sie, dass Sie wegen Mordes gesucht werden?" Das brachte nun mich einigermaßen aus der Fassung. Bluffte er nur oder hatte Blabber auch nur zwei und zwei zusammengezählt, oder besser eins und eins: meinen Kontakt zu Freddy und meinen Kontakt zu Katrin. Hatte er vielleicht sogar, was ihm durchaus zuzutrauen war, der Polizei einen anonymen Hinweis in diese Richtung gegeben? Bei Kissler war er mit dieser Taktik immerhin erfolgreich gewesen. Ich beschloss, meinen Trumpf auszuspielen, bevor das Gespräch eine Wendung nahm, die es meiner Kontrolle entziehen würde.

„Es wäre schlecht für Sie, wenn mich die Polizei verhaften würde", sagte ich und bemühte mich dabei, möglichst cool zu klingen. „Immerhin habe ich etwas, das Ihnen gehört und mit dem sich schnell beweisen ließe, dass nicht ich, sondern Sie die beiden Kaufdas-Mitarbeiter umgebracht haben."

„Was könnte das schon sein." Diesmal bluffte Blabber wirklich und das auch noch schlecht. Das Zittern in seiner Stimme war nicht zu überhören. Jetzt nachsetzen, Strecker, gönn ihm keine Pause, gib diesem verdammten Mistkerl keine Zeit nachzudenken!

„Schicker Satz Manschettenknöpfe, den Sie zur Feier der Inventur und Ihrer Mordtat getragen haben, Blabber. Schade, dass er jetzt unvollständig ist, was? Vielleicht haben sogar Sie mitbekommen, dass die Untersuchungsmethoden der Polizei inzwischen sehr fortgeschritten sind. Es ist ganz erstaunlich, was sich heutzutage aus einer kleinen Hautschuppe herauslesen lässt."

Ich konnte förmlich hören, wie Blabber fieberhaft überlegte, was er jetzt antworten sollte. Bestimmt bildeten sich bereits die ersten Schweißperlen auf seiner Stirn.

„Also, was wollen Sie, Strecker", keuchte er. „Wollen Sie Geld? Wie viel?"

Ich antwortete nicht, ließ ihn schmoren.

„Na los, sagen Sie schon, wie viel!"

„Eine Million", sagte ich kühl.

Ich hörte, wie Blabber sich verschluckte.

„Das ist nicht Ihr Ernst, Strecker, oder?"

„Wieso nicht?"

„Weil ich nicht so viel habe."

„Dann wandern Sie eben in den Knast", erwiderte ich ungerührt. „Auf Wiederhören."

„Warten Sie!"

Ich wusste, dass das weder Katrin noch Freddy wieder lebendig machte, aber ich registrierte mit Genugtuung, wie sich Blabbers Stimme überschlug. Ich wollte, dass er litt und vor lauter Angst weder ein noch aus wusste.

„Warten Sie, bitte, ich kann Ihnen vielleicht einen Teil sofort geben und den Rest in Raten."

Das würde mich wundern, denn dann hätte er ja auch seine Gläubiger bezahlen können, aber ich ging auf sein Spiel ein.

„Klar, warum nicht. Sagen wir zwischen acht Uhr abends und zwei Uhr morgens. Unten am Rheinufer, genau an der Stelle, wo Sie die arme Frau umgebracht haben."

„Zwischen acht und zwei?" Blabber klang völlig entgeistert. „Was ist denn das für eine Zeitspanne?"

„Ich kann halt nicht genau sagen, wann ich dort auftauchen werde, Blabber, aber Sie werden dort sein. Und zwar während der ganzen Zeit. Ich werde das überprüfen. Sollte ich Sie beim Schwänzen erwischen, bekommt die Kripo einen heißen Tipp von mir."

„Aber ich kann nicht die ganze Zeit dort sein!" Das klang jetzt weinerlich und ganz schön erbärmlich.

„Natürlich nicht", entgegnete ich und weidete mich mit kalter Genugtuung an Blabbers Verblüffung.

„Sie müssen nämlich mit Bronski das Kaufdas-Lager ausräumen. Wenn das nicht klappt, wird Bronski böse auf Sie, nicht wahr, Blabber? Sehr böse. Was glauben Sie, wie lange Bronski Geduld mit Ihnen hat, bevor er Sie zum Krüppel schlägt, weil Sie nicht mehr liefern können? Einen Tag, zwei oder sogar drei?"

„Hören Sie Strecker, ich mache Ihnen einen Vorschlag."
„Bin nicht interessiert."
„Sie können reich werden, sehr reich!"
„Durch Sie?", höhnte ich. „Nein, Blabber, reden Sie keinen Blödsinn. Ihnen steht das Wasser doch bis zum Hals. Sie werden es im Leben nicht mehr zum Millionär bringen. Ich will auch keine Million mehr von Ihnen. Sagen wir Hunderttausend. Jede Nacht einhundert."
Blabber stöhnte auf.
„Eintausend Nächte? Das sind fast drei Jahre. Sie sind verrückt Strecker, komplett verrückt!"
„Heute Abend geht es los", bestimmte ich, ohne auf Blabber einzugehen. „Zwischen acht und zwei. Ich werde die Stelle im Auge behalten. Und wehe, Sie sind nicht da!"
Damit legte ich auf.

Ich schaffte es nicht mehr bis in mein Bett. Mit weichen Knien ließ ich mich in einen Sessel fallen und war augenblicklich eingeschlafen.

Als ich aufwachte, war es bereits heller Tag. Erschrocken fuhr ich hoch und sah auf die Uhr. Kurz nach acht. Höchste Zeit, die Wohnung zu verlassen. Ich schnappte mir eine Regenjacke, steckte Taschenlampe und Portemonnaie ein, schloss die Wohnungstür ab und betrat das Treppenhaus.

Gegenüber der Treppe konnte ich durch ein Fenster hinaus auf den Hof sehen. In dem Moment, als ich hinausschaute, wurde das Hoftor geöffnet und ein uniformierter Polizist betrat den Hof. Er blieb stehen, um sich zu orientieren. Eine Frau aus dem Vorderhaus, deren Namen ich nicht kannte, trug ihren Abfall zur Mülltonne und der Beamte sprach sie an. Ich konnte nicht verstehen, was die beiden redeten, aber ich sah, wie die Frau auf das Hinterhaus zeigte. Der Polizist folgte ihrem Finger mit dem Blick, und ich wich unwillkürlich einen Schritt zurück. Mir wurde schlagartig heiß. Blabber hatte also nicht geblufft, als er sagte, die Polizei suche mich.

Ich saß in der Falle! Es gab keinen zweiten Ausgang, und zurück in meine Wohnung konnte ich auch nicht. Wenn der Beamte irgendwie mitkriegte, dass ich mich dort verschanzte, würde er Verstärkung holen und die Tür aufbrechen lassen. Keine Frage, dass für die Wohnung eines Mordverdächtigen ein Durchsuchungsbeschluss existierte. Mich in meiner eigenen Toilette auf dem Treppenabsatz einzuschließen, erschien mir ebenfalls zu riskant. Die Möglichkeit, ausgerechnet an diesem Ort verhaftet zu werden, war mir außerdem zu peinlich, auch wenn die Idee mit dem Klo als Versteck prinzipiell gar nicht schlecht war.

Ich rannte die Treppe hinunter, so schnell ich konnte. Es gab ja noch die Toilette im Erdgeschoss. Dort ließ mein Nachbar immer den Schlüssel stecken, damit ich an meinen Ersatzschlüssel konnte. Wenn ich es schaffte, diese Toilette zu erreichen, bevor der Polizist den Hof durchquert hatte und das Hinterhaus betrat, konnte ich mich im Parterreklo verstecken und warten, bis er die Treppe zu meiner Wohnung hinaufgestiegen war. Dann hatte ich genügend Vorsprung, um das Haus zu verlassen.

Ich schloss die Toilettentür genau in dem Moment, als der Beamte das Hinterhaus betrat. Das Herz schlug mir bis zum Hals. Einen Augenblick fürchtete ich, dass mein ungebetener Besucher an die Tür klopfen und mich auffordern würde, herauszukommen, aber dann hörte ich, wie er die Treppe hochstieg.

Aus dem Vorderhaus drang das Geschrei eines Säuglings über den Hof, und das kam mir gerade recht, denn ich wusste, dass die Frau von vorhin vor kurzem ein Kind bekommen hatte. Jetzt hatte sie Wichtigeres zu tun, als sich hier unten herumzutreiben.

Ich schätzte die Zeit ab, die der Polizist brauchen würde, um bis zu meiner Wohnung zu gelangen und schlüpfte dann raus. Lautlos schloss ich die Tür hinter mir und durchquerte schnell den Hof. Als ich das Haustor erreicht hatte, es öffnen und auf die Straße hinaustreten wollte, überfielen mich Zweifel. Was, wenn vor dem Tor ein zweiter Polizist wartete, dem ich direkt in die Arme laufen würde, sobald ich hier hinausging? Reichlich spät sagte ich mir, dass es vielleicht klüger gewesen wäre, mich im Keller zu verstecken oder über das

Dach der Hofgarage auf das Nachbargrundstück zu flüchten, anstatt geradewegs nach draußen zu spazieren.

Zurück konnte ich jetzt allerdings nicht mehr. Mein Besucher befand sich mittlerweile sicher bereits wieder auf dem Weg nach unten. Also atmete ich einmal tief durch und zog das Tor auf. Es war, als prallte ich gegen eine unsichtbare, eiskalte Wand, die mich auf der Stelle schockgefrieren ließ. Direkt in der Einfahrt parkte der Streifenwagen und auf dem Fahrersitz saß der zweite Mann, ebenfalls in Uniform. Wir starrten uns an.

Ohne zu wissen, woher ich plötzlich die Kaltblütigkeit nahm, nickte ich dem Fahrer zu und begann, mich an dem Wagen vorbeizudrücken. Der Uniformierte drehte mir den Kopf zu und erwiderte überraschenderweise meinen Gruß. Steifbeinig bewegte ich mich vorwärts, ängstlich darauf bedacht, nicht durch übertriebene Hektik aufzufallen. Ich bildete mir ein, die Blicke des anderen in meinem Nacken zu spüren und fürchtete, dass er mich jeden Moment zurückrufen würde. Ich mochte kaum glauben, dass ich so einfach davonkam, aber ich erreichte unbehelligt die nächste Straßenecke.

Den Streifenwagen außer Sichtweite, nahm ich die Beine in die Hand und überquerte die Kreuzung am Dürerplatz in Richtung Lahnstraße. Was ich jetzt brauchte, war die Möglichkeit, wieder einen klaren Kopf zu bekommen, damit ich in Ruhe über meine nächsten Schritte nachdenken konnte.

Ich beschloss, die Lahnstraße weiter hochzulaufen und mich dann in den Wald Richtung Tierpark Fasanerie zu schlagen. Ich sah mich noch einmal um, stellte fest, dass mir wirklich niemand folgte, und verlangsamte meinen Schritt.

Unterwegs sah ich zwei Tauben, die sich um ein Stückchen Brot stritten. Ich blieb stehen und sah den beiden Vögeln eine Weile zu. Plötzlich kam ein Spatz herangeflogen, schnappte sich das Brot und flog davon.

„Den habt ihr nicht auf der Rechnung gehabt", sagte ich zu den beiden Vögeln, die das Nachsehen hatten, und ging weiter.

Ein Blick hinauf zum Himmel sagte mir, dass ich gut daran getan hatte, die Regenjacke mitzunehmen. Der Wind trieb dicke Regenwolken zusammen, die sich im Laufe des Tages entladen würden. Die Luft wurde merklich schwüler. Es braute sich regelrecht etwas zusammen. Im Geiste versuchte ich mich daran zu erinnern, wo sich die verschiedenen Schutzhütten auf dieser Seite des Wiesbadener Stadtwaldes befanden. Nach etwa einer halben Stunde erreichte ich die Fasanerie. Ich überlegte kurz, ob ich in den Tierpark gehen solle, entschied mich aber dagegen. Ich wollte lieber allein sein und nachdenken. Außerdem wusste ich nicht, ob nicht bereits eine öffentliche Fahndung nach mir eingeleitet worden war: Gesucht wird Tim Strecker. Er ist etwa Mitte 40, ein Meter siebzig groß und hat braune Haare ... Meldungen über seinen gegenwärtigen Aufenthalt bitte an die nächste Polizeidienststelle.

Ich marschierte weiter in Richtung Chausseehaus. Nach Taunusstein waren es zu Fuß noch etwa eine bis eineinhalb Stunden, je nachdem, wie schnell ich ging und wie oft ich mich ohne Wanderkarte verlaufen würde. Dort konnte ich spät frühstücken oder früh zu Mittag essen, wenn mir überhaupt danach sein sollte, und mich anschließend vielleicht bei Sigrid herumdrücken. Abends würde ich dann mit dem Bus zurück nach Wiesbaden fahren, um Blabber zu treffen.

Erst jetzt fing ich an zu begreifen, was Katrins Tod für mich bedeutete. Wir hatten gar keine Chance gehabt, uns näher kennenzulernen. Ich fühlte mich plötzlich unendlich einsam.

Vielleicht war es ein Fehler gewesen, vor der Polizei wegzulaufen. Was war ich eigentlich im Begriff zu tun? Das, was ich mit Blabber vorhatte, war reine Lynchjustiz mit dem Unterschied, dass ich mir noch nicht einmal selbst die Hände dabei schmutzig machen wollte. Ich kannte mich nicht mehr wieder und spürte, dass ich mir selbst im Weg stand. Wenn ich mir gegenüber ehrlich war, musste ich zugeben, dass mich sowohl mein Stolz als auch mein Widerwille gegenüber Jelzins Fürsorge daran hinderten, das Ruder herumzureißen, den Franzosen anzurufen und zu versuchen, ihm meine Lage zu erklären.

Sei es drum, sagte ich zu mir selbst, schob die aufkommenden Bedenken beiseite und schritt schneller aus, als könne ich so die Zweifel abschütteln und hinter mir lassen. Zugegeben, meine Haltung war fatalistisch, dabei konnte ich Fatalismus nicht ausstehen, aber mir fehlte die Kraft, meinem Schicksal in diesem Moment, wo ich noch die Möglichkeit dazu hatte, eine entsprechende Wendung zu geben.

Ich wechselte über die B54 zur Eisernen Hand und lief die letzten zwei Kilometer bergab nach Hahn.

*

Sigrid starrte mich entgeistert an, als ich ihr Studio betrat. „Was willst du denn hier?", begrüßte sie mich. Es klang nicht gerade erfreut. Ich konnte es ihr nicht verdenken. Ich hatte es ja nicht einmal für nötig gehalten, auf ihren letzten Anruf zu antworten.

„Ich habe einen längeren Spaziergang gemacht", sagte ich müde. Gegessen hatte ich immer noch nichts. Ich verspürte auch keinen Hunger, dafür plagte mich umso mehr der Durst.

„Hast du vielleicht etwas zu trinken?"

„Im Kühlschrank steht eine Flasche Wasser. Ich wollte gerade Mittag machen und mir im Supermarkt etwas zu Essen holen. Bedien dich, ich bin gleich zurück."

Sigrid schloss den Laden ab und eilte davon.

Zum Glück hatte sie es nicht weit, denn während ich von dem aufziehenden Gewitter verschont geblieben war, erwischte es Sigrid voll. Vor wenigen Minuten hatte sich eine sehr gepflegte attraktive Frau von mir verabschiedet, aber das, was zurückkam, ähnelte eher einem Bobtail, der in ein Wasserfass gefallen war.

„So ein Mist", schimpfte Sigrid, während sie ihre Haare abtrocknete. „Die Frisur ist im Eimer."

Dann sah sie zu mir herüber.

„Du siehst schlecht aus."

Statt einer Antwort brummte ich kurz und führte schnell mein Glas an die Lippen, aber Sigrid ließ nicht locker.

„Mach schon", drängte sie, „raus mit der Sprache. Du kommst doch nur hierher, wenn du etwas von mir willst."

Ich fühlte, wie mir das Blut in den Kopf schoss. Sigrid hatte mich durchschaut. Normalerweise macht es mir nicht besonders viel aus, wenn man mir sagt, ich benütze Menschen zu meinen Zwecken. Ich pflege dann stets zu antworten, dass das wohl jeder mehr oder weniger tue. Hier lag der Fall jedoch anders. Das, was ich im Begriff war, von Sigrid zu verlangen, überstieg bei Weitem das, was man gemeinhin unter einem kleinen Gefallen versteht. Mein Gewissen regte sich um so heftiger, je mehr ich daran dachte, wie oft ich Sigrid in letzter Zeit vor den Kopf gestoßen hatte.

Ich sah aus dem Fenster, vor das dicke Regentropfen klatschten, und wartete darauf, dass mein Kopf wieder eine normale Temperatur bekam. Der Himmel war fast schwarz. Das Gewitter war inzwischen noch näher herangerückt und entlud sich jetzt mit aller Macht. Ein Blitz durchzuckte die Luft und kurz darauf krachte ein gewaltiger Donner los, so unvermittelt, dass Sigrid und ich gleichzeitig zusammenschraken. Unsere Blicke trafen sich und ich schaute betreten zur Seite.

Sigrid sagte nichts mehr, sondern sah mich nur an.

Schließlich ertrug ich die Stille nicht mehr. Ich gab mir einen Ruck und holte das Tütchen mit Blabbers Manschettenknopf aus der Tasche.

„Ich möchte dich um einen Gefallen bitten, einen großen Gefallen. Du kannst ablehnen, wenn du willst, ich bin dir deswegen nicht böse. Hast du vielleicht etwas zu schreiben?"

Sigrid sagte immer noch nichts. Sie kniff nur kurz die Augen zusammen und ging dann zu ihrem Schreibtisch.

„Du machst es ja richtig spannend", meinte sie schließlich, als sie zurückkam.

„Hier."

„Danke." Ich nahm Stift und Zettel und notierte Le Meurs Dienst- und Privatnummern. Darunter schrieb ich noch einige Zeilen, faltete das Papier, steckte es zu Blabbers Manschettenknopf in die Zellophantüte und reichte das Ganze an Sigrid.

„Wenn du bis morgen Mittag nichts von mir gehört hast, ruf bitte eine dieser Nummern auf dem Zettel an. Gib Kommissar Auguste Le Meur die Nachricht durch, die ich dir aufgeschrieben habe."

„Ist das der große Gefallen, um den du mich bittest?"

„Ja."

„Willst du mir nicht sagen, was das alles bedeutet?"

Ich atmete tief durch und machte mich darauf gefasst, dass mir gleich ein paar Dinge an den Kopf fliegen würden.

Dann erzählte ich Sigrid von dem Knopf und seiner Bedeutung, dass es sich dabei um ein Beweisstück in einem Mordfall handle und dass ich vorhätte, mich heute Abend mit dem Mörder, dessen Namen ich soeben auf den Zettel geschrieben hatte, zu treffen.

Sigrids Augen wurden immer größer und ihr Unterkiefer klappte nach unten.

Dass ich vorhatte, Blabber von Bronski zum Krüppel schlagen zu lassen, verriet ich nicht, das brauchte sie nun wirklich nicht zu wissen.

Spätestens als ich den Punkt erwähnte, dass ich seit heute Morgen die Polizei im Nacken hatte, war Schluss mit lustig.

Nachdem Sigrid mich einige Sekunden stumm angesehen hatte, schüttelte sie den Kopf und sagte leise: „Du bist völlig verrückt geworden, Tim. Du hast mir wahrscheinlich immer noch nicht alles gesagt, aber das ist mir egal. Ich frage dich nur, ob du dir eigentlich überlegt hast, in welche Gefahr du mich bringst, wenn der Mörder herausfindet, dass ich das Beweisstück habe, ganz abgesehen davon, dass du mich ohne mein Wissen zu deiner Fluchthelferin gemacht hast."

Ich merkte wieder, wie mir das Blut in den Kopf stieg. Natürlich hatte ich mir das alles vorher überlegt, aber das machte die Sache nicht gerade besser.

„Blabber weiß überhaupt nichts von dir", erwiderte ich lahm. „Ich glaube nicht, dass du ernsthaft gefährdet bist." Das klang nicht sehr überzeugend und diente hauptsächlich dazu, mein eigenes schlechtes Gewissen zu beruhigen. Das Gewitter war inzwischen vorüber. Der Regen fing an nachzulassen.

Bevor Sigrid auf den Trichter kam, dass sie sich auch noch der Unterschlagung von Beweismitteln strafbar machte, wenn sie den Manschettenknopf aufbewahrte, verabschiedete ich mich lieber.

Sie unternahm keinen Versuch, mich aufzuhalten. Ihr Abschiedsgruß fiel kurz und verhalten aus, und ich versprach, mich gleich morgen früh bei ihr zu melden. Ein flüchtiger Blick in Sigrids Gesicht sagte mir, dass sie mir nicht glaubte. Ich hörte, wie sich die Studiotür hinter mir schloss und ging weiter, ohne mich noch einmal umzudrehen.

Die Luft war jetzt viel frischer als vor dem Gewitter. Ich musste etwa eine Viertelstunde auf den nächsten Bus nach Wiesbaden warten, aber das machte mir nichts aus. Bis zum Abend hatte ich noch viel Zeit zu verbringen, mit der ich nichts rechtes anzufangen wusste. In meine Wohnung wollte ich nicht gehen, denn möglicherweise wartete dort Auguste auf mich – oder schlimmer noch, seine Kollegen. Daher blieb ich im Bus sitzen und stieg erst in der Innenstadt aus.

Den Rest des Nachmittags verbrachte ich damit, mich im LuisenForum herumzudrücken. Ich durchforstete das Sortiment der Buchhandlung im Obergeschoss, und als ich müde wurde, begab ich mich nach unten ins Subway. Anschließend ging ich in eines der kommerziellen Kinos und verschlief dort die halbe Vorstellung.

Als ich das Kino verließ, war es bereits nach acht. Ich hatte es nicht eilig. Blabber würde auf mich warten. Ich fühlte mich etwas matschig im Kopf und beschloss, nach Biebrich zu laufen.

Kapitel 17

Ich ließ mir Zeit, ging langsam und dachte daran, dass Blabber jetzt schon eine ganze Weile im eigenen Saft schmorte. Dieser Gedanke verschaffte mir allerdings nicht die Spur einer wie auch immer gearteten Befriedigung.

Unterwegs fing es wieder an zu regnen. Ich setzte die Kapuze meiner Regenjacke auf und zog den Reißverschluss hoch. Durch den bewölkten Himmel wurde es früher dunkel.

Ich erreichte das Rheinufer und sah in einigen Metern Entfernung einen Mann im hellen Sommermantel mit einem Schirm in der Hand. Bei diesem Wetter waren keine Spaziergänger unterwegs.

Der Regen fiel dichter und prasselte auf den Boden und das Dach des Kiosks, vor dem der Mann mit dem Regenschirm stand.

Ich näherte mich ihm langsam von der Seite. Als ich nur noch wenige Meter von ihm entfernt war, erkannte ich ihn. Es war Blabber.

Er drehte sich langsam zu mir um.

„Da sind Sie ja endlich", knurrte er. „Wo haben Sie denn gesteckt?"

Ich ignorierte die unfreundliche Begrüßung und machte einen Schritt auf ihn zu. Plötzlich nahm ich aus den Augenwinkeln eine Bewegung wahr und machte aus dem Stand einen gewaltigen Satz in die Luft.

Es war ein guter Sprung, hoch, mit angezogenen Knien, eine sportliche Leistung, auf die ich stolz sein konnte und die mir soeben höchstwahrscheinlich das Leben gerettet hatte, wenigstens für die nächsten paar Minuten.

Anstelle meines Kopfes traf die mit aller Kraft geschwungene Eisenstange nun meine Kniescheiben. Der Schmerz war entsetzlich. Ich jaulte auf und klatschte auf das Pflaster, mitten hinein in eine riesige Pfütze, die leider nicht tief genug war, um meinen Sturz abzumildern. Die Knie taten mir irrsinnig weh, und ich hielt sie mit beiden Armen fest umklammert.

Blabber trat näher und schaute hämisch grinsend auf mich hinab. Direkt hinter ihm erkannte ich Bronski, der sich hinter dem Pegelturm versteckt und mir aufgelauert hatte. In der Hand trug der Schläger eine Eisenstange, die silbern glänzte und an der immer noch das klebte, von dem ich vermutete, dass es früher einmal in Freddy Kisslers Kopf hineingehört hatte. Ich begann heftig zu schwitzen, daran änderte auch die Nässe unter mir nichts.

„Jetzt ist es vorbei mit dem Detektivspiel", höhnte Blabber. Ich verzichtete auf jegliche Erwiderung. Erstens, weil ich viel zu sehr mit Keuchen und Stöhnen beschäftigt war, und zweitens, weil mir sowieso keine gescheite Antwort einfiel.

Bronski baute sich neben Blabber auf und spuckte haarscharf neben meinem Kopf auf den Boden.

„Was machen wir mit ihm?", fragte der Schläger und spuckte ein zweites Mal aus.

Ich fand, dass es allmählich Zeit wurde, mich ebenfalls zu Wort zu melden. Inzwischen war mir auch etwas eingefallen, das ich sagen konnte. Es war eine Frage, eine der intelligentesten überhaupt, wie mir einst ein Lehrer versichert hatte, als ich noch zur Schule ging. Sie lautete: „Warum?"

Gut möglich, dass sich die Zeiten seit meiner Schuljahre so sehr geändert hatten, dass die alten Fragen heutzutage doch nicht mehr so intelligent waren. Vielleicht überforderte auch ein einfaches Warum den Verstand der beiden. Jedenfalls erhielt ich zunächst keine Antwort, sondern nur eine Gegenfrage von Blabber.

„Was meinen Sie mit *warum*, Strecker?"

Ich machte erst gar keinen Versuch aufzustehen und blieb einfach in der Pfütze liegen. Ich bezweifelte, dass meine Knie mich aufrecht halten konnten.

„Na ja", ächzte ich, während ich zu Blabber hochsah. „Warum Sie und der da, also Bronski, jetzt zusammen ..." Ich wusste nicht mehr weiter, aber die beiden hatten mich auch so verstanden.

Bronski spuckte zum dritten Mal aus. Zu meiner Erleichterung diesmal mehr in Richtung des Flusses. „Hast du wirklich gedacht, ich würde dir die Drecksarbeit abnehmen, und meinen Freund hier zum Krüppel schlagen?" Bronski legte seinen Arm um Blabbers Schulter, was diesem sichtlich unangenehm war.

Langsam dämmerte es mir, was für einen Riesenfehler mein Racheplan enthielt. Blabber hatte sich Bronski nur anvertrauen und ihm klarmachen müssen, dass die Schiebereien noch mindestens ein Jahr, bis zur nächsten Inventur, weitergehen konnten, wenn ich aus dem Weg geräumt war. Natürlich hatte Bronski sich darauf eingelassen, denn die Alternative hieß für ihn, dass er selbst in die Röhre guckte, wenn Blabber in den Knast wanderte. Blabber war für Bronski das, was eine gute Milchkuh für den Bauern war. Solange sie Milch gab, wurde sie nicht geschlachtet. Ein Umstand, den ich, wie so vieles, leider nicht bedacht hatte.

Zwei Gedanken schossen mir durch den Kopf, und ich konnte im ersten Moment nicht sagen, welcher besorgniserregender war.

Der Erste war, dass ich keine Milch gab und mein Name auf der Schlachtliste der beiden ganz oben stand; der Zweite beschäftigte sich mit der Möglichkeit, dass mein Hausarzt mir womöglich Gelantinekapseln für meine Knie verschreiben würde, wenn ich das hier überleben sollte. Wäre doch echt blöd, wenn ich als Vegetarier in Zukunft gemahlene Tierknochen in Medikamentenform zu mir nehmen müsste.

In einiger Entfernung kläffte ein Hund. Anscheinend führte irgendjemand trotz des Regenwetters seinen Vierbeiner Gassi. In mir keimte die Hoffnung auf, dass die beiden von mir ablassen würden, wenn sie sich gestört fühlten. Blabber wurde auch sichtlich nervös und zog eine Pistole aus der Tasche.

Dann bewies er jedoch, dass er es als ausgebuffter Geschäftsmann gut drauf hatte, andere Leute gegeneinander auszuspielen und ihnen die Verantwortung für alles Missliche zuzuschieben.

„Wer immer das auch sein mag", sagte der Marktleiter, während er die Waffe entsicherte.

„Wenn Sie ihm ein Zeichen geben oder sonst irgendwelche Mätzchen machen, schieße ich ihn über den Haufen!" Etwas in Blabbers Stimme sagte mir, dass er es absolut ernst meinte. Kein Wunder, er hatte ja auch nichts mehr zu verlieren.

Also blieb ich still liegen und hütete mich, auch nur den kleinsten Mucks von mir zu geben.

Das schwächer werdende Gekläffe zeigte bald an, dass Hund und Halter sich in entgegengesetzter Richtung von uns entfernten.

Zwar senkte Blabber die Waffe, steckte sie aber nicht zurück in die Tasche.

Allmählich kroch die Feuchtigkeit durch meine Regenjacke,

und ich fragte mich, warum derartige Szenen eigentlich immer bei Regenwetter spielen mussten.

„Ist das die Waffe, mir der Sie gestern Ihre Angestellte umgebracht haben?", fragte ich, um mich von den heftigen Knieschmerzen abzulenken. Ich hatte bewusst das Wort Angestellte gewählt, denn ihrem Mörder gegenüber brachte ich es nicht fertig, Katrins Namen zu erwähnen.

Blabber dachte einen Moment nach und sagte dann langsam: „Wenn Sie es so genau wissen wollen, ja."

„Und Kissler, waren Sie das auch? Kommen Sie, Blabber, wenn ich schon abtreten muss, möchte ich wenigstens nicht dumm sterben."

Blabbers Versuch eines Lächelns misslang gründlich.

„Nur, damit Sie auch das ganz genau wissen, Strecker. Auf mein Konto geht sogar die Zerstörung der Laternen hier. Im Dunkeln lässt es sich einfach besser morden!"

Das Gesicht des Marktleiters verzerrte sich plötzlich vor Wut.

„Sie haben alles vermasselt, Strecker. Alles, was es zu vermasseln gab. Sie konnten einfach keine Ruhe geben. Ihretwegen musste Kissler sterben, wurde ich zusammengeschlagen, mein Hund vergiftet, und das Mädchen haben Sie auch auf dem Gewissen. Denn selbst als ich Ihnen ein Extrahonorar zahlte, nur damit Sie endlich damit aufhörten herumzuschnüffeln, mussten Sie Ihre Nase weiter in Dinge stecken, die Sie nichts mehr angingen!"

Das war ja nun das Letzte, dachte ich. Wenn man den Kerl jetzt reden hörte, musste man annehmen, dass er mit den Verbrechen gar nichts zu schaffen hatte. Mir war es recht, solange er überhaupt redete. Vielleicht konnte ich ihn hinhalten, bis sich ein Wunder zu meiner Rettung ereignete.

„Warum haben Sie mich eigentlich engagiert?", stöhnte ich. Die Antwort war ebenso schlicht wie niederschmetternd.

„Weil ich einen Dummen brauchte, deshalb."

Blabber lachte verächtlich.

„Natürlich musste ich meinen Vorgesetzten gegenüber so tun, als sei ich an der Aufklärung der Diebstähle interessiert. Da machte es sich nicht schlecht, sagen zu können, dass ich einen Privatdetektiv engagiert hatte. Leider fingen Sie ausgerechnet an dem Abend an, aktiv zu werden, als ich das überhaupt nicht gebrauchen konnte. In der Nacht, in der Sie darauf bestanden, im Warenlager aufzupassen, sollte Bronski eine LKW-Ladung abholen. Weil Sie mir aber einen Strich durch die Rechnung gemacht hatten, musste ich Bronski absagen. Der war ganz schön sauer auf mich."

Er warf ihm einen schnellen Blick zu, aber Bronski starrte weiter auf mich runter.

„Um das Beste aus der Situation zu machen, beschloss ich, Ihnen Herrn Kissler als Einbrecher zu präsentieren. Ich rief ihn an, verstellte meine Stimme und lockte ihn unter einem Vorwand zum Warenlager. Ich blieb auch noch dort und versteckte mich, um zu sehen, ob mein Plan aufging. Dummerweise entdeckte Kissler mich in meinem Versteck, und es kam zum Streit. Ich wusste ja, dass Sie jeden Moment aus dem Lager kommen konnten und hatte nicht viel Zeit. Also tat ich so, als würde ich einlenken und bot Kissler an, das Gespräch in Ruhe in meinem Büro fortzusetzen. Unter dem Vorwand, mein Auto abzuschließen, ging ich zum Wagen und holte eine Eisenstange, die ich immer als Verlängerung für den Kreuzschlüssel benutze, aus dem Kofferraum. Als Kissler mir den Rücken zuwandte, fackelte ich nicht lange und schlug zu. Anschließend steckte ich ihm den Lagerschlüssel in die Tasche und haute ab."

Hier machte Blabber eine Pause. Mir fiel absolut nichts ein, was ich dazu noch sagen konnte. Blabbers Kaltblütigkeit schockierte mich zutiefst. Die Art und Weise, wie Freddy Kissler umgebracht worden war, hatte mich auf Bronski als Mörder tippen lassen, zumal Blabber ja selbst auf ähnliche Weise attackiert worden war. Mir war gar nicht erst in den Sinn gekommen, dass es auch anders sein konnte. Mit ein bisschen weniger Voreingenommenheit hätte ich früher darauf stoßen können, dass Bronski nicht als Einziger in der Lage war, einen Menschen mit einer Eisenstange zu erschlagen. Leider war mir der Gedanke erst sehr spät gekommen. Zum ersten Mal, als Katrin mir erzählt hatte, dass sie sich mit ihrem Chef tref- fen und ihn zur Rede stellen wollte. Das war zu spät gewesen.

Ich starrte auf Oswald Blabbers Pistole und fand, dass der Marktleiter sich in Bezug auf seine Mordinstrumente enorm verbessert hatte. Dann starrte ich in sein Gesicht und versuchte zu verstehen, was in diesem Mensch wohl vorgehen mochte. Langsam begriff ich, dass ihm all seine Vergehen tatsächlich nicht das Geringste ausmachten. Die ganze Tragweite des Geschehens war Blabber entweder nicht bewusst oder sie interessierte ihn ganz einfach nicht. Für den egomanen Marktleiter war alles nur eine Frage der Selbsterhaltung gewesen. Ein Mensch hatte ihm Probleme bereitet, also musste dieser Mensch beseitigt werden. An der Richtigkeit dieser Überlegung gab es für Blabber nicht den geringsten Zweifel. Irgendwelche Skrupel hatte er auch nicht überwinden müssen, da sie erst gar nicht aufgetaucht waren. Für die bedauernswerten Opfer hatte er höchstens ein Achselzucken übrig. Er konnte genauso gut sagen: *Wo gehobelt wird, da fallen Späne.*

Einmal in Redelaune, war Blabber nicht mehr zu bremsen. Der Marktleiter wirkte plötzlich sehr gelöst. Offensichtlich gefiel es ihm, sich einmal alles von der Seele reden zu können. Er steckte sogar die Pistole zurück in die Manteltasche.

„Zuhause wartete eine böse Überraschung auf mich. Ich hatte Fatzo im Garten gelassen und fand ihn bei meiner Rückkehr tot vor. Bronski hatte ihn vergiftet. Ich wusste, dass mir eine schlimme Tracht Prügel bevorstand, weil ich den Termin für diese Nacht hatte platzen lassen. Allerdings hatte ich nicht damit gerechnet, dass es so schnell passieren würde. Ich schaffte es nicht einmal bis zu meiner Haustür. Bronski fing mich auf halbem Weg ab und schlug mich so zusammen, dass ich am darauf folgenden Morgen nicht zur Arbeit gehen konnte."

„Dumm von Ihnen, mich deswegen anzulügen", warf ich ein.

Blabber nickte. Bronski sagte nach wie vor nichts.

„Ich konnte ja nicht wissen, dass Sie sich über die wahren Gründe meiner Abwesenheit klar waren, Strecker. Für Sie hätte der Fall eigentlich erledigt sein müssen, aber Sie mussten ja auf eigene Faust weiterschnüffeln und mir die Kleine auf den Hals hetzen."

Prima, nun versuchte er gerade, mir alle Schuld an Katrins Tod zuzuschieben.

„Zuerst habe ich wirklich geglaubt, dass sie mich erpressen wollte. Nachdem ich sie erschossen habe, durchsuchte ich ihre Taschen und fand das Diktiergerät. Da dämmerte es mir, dass Sie dahinterstecken mussten."

Ganz so war es zwar nicht gewesen, aber es hatte wohl keinen Sinn, mit Blabber darüber zu diskutieren und ihm erklären zu wollen, dass es Katrins Idee gewesen war, sein Geständnis aufzuzeichnen.

„Wieso gaben Sie mir Geld, damit ich Ihren Markt nicht mehr betrete?", fragte ich stattdessen.

Blabber schnaubte.

„Weil ich den Eindruck hatte, dass Sie auf der richtigen Spur sind, als Sie mich fragten, ob es nicht möglich sei, dass irgendjemand Kisslers Leiche den Nachschlüssel für das Lager zugesteckt haben könnte. Verstehen Sie?"

Und ob ich verstand. Ich erinnerte mich gut an diese Szene im Kaufdas, als Blabber mich so schroff abgefertigt hatte. So nah war ich also damals schon an ihm dran gewesen.

Jetzt machte auch Bronski einmal den Mund auf und bewies, dass er nicht nur ein hirnloser Schläger war.

„Hattest du nicht etwas von einem Manschettenknopf gesagt?", fragte er Blabber.

„Ganz recht. Los Strecker, rücken Sie das gute Stück heraus."

„Ich habe den Knopf nicht bei mir", sagte ich wahrheitsgemäß.

„Schlecht für Sie, wenn dem so sein sollte", antwortete Blabber und bückte sich, um mich zu durchsuchen. Er nahm mein Portemonnaie und reichte es Bronski. Dann drehte er sämtliche Taschen meiner Kleidung nach außen – natürlich ohne Erfolg.

„Ich sagte doch, dass ich den Knopf nicht habe."

„Wäre besser, für Sie, wenn Sie uns sagten, wo er ist", brummte Blabber. „Sonst müssen wir es aus Ihnen herausprügeln."

Obwohl ich noch immer in der Pfütze lag, schwitzte ich immer heftiger. Kalter Schweiß lief mir in Strömen über die Schläfen und vermischte sich mit den Regentropfen auf meinem Gesicht. In diesem Augenblick wünschte ich mir, ich könnte schlagartig alles vergessen, was mit dem Knopf zusammenhing, denn ich befürchtete, Sigrid zu verraten, wenn Blabber und Bronski mich ordentlich in die Mangel nahmen.

Ich versuchte, mich zu sammeln, und machte mich darauf gefasst, eine Menge Schmerzen aushalten zu müssen.

Kapitel 18

Bronski hatte sich derweil an meinem Portemonnaie zu schaffen gemacht. Plötzlich schrie er auf. Er klang sehr wütend.

„Du Idiot!", fuhr der Schläger Blabber an. „Der Kerl ist verwanzt!"

Blabber riss die Augen auf. „Verwanzt?", wiederholte er ungläubig.

Verwanzt?, dachte ich und versuchte vergebens, mir einen Reim darauf zu machen.

Bronski warf Blabber das Portemonnaie ins Gesicht. „Hier du Trottel, sieh selbst nach! Zwischen den Papieren steckt das Teil."

Blabber hielt sich die Nase, wo ihn die Geldbörse getroffen hatte, und starrte hasserfüllt auf Bronski.

Ich schöpfte Hoffnung. Vielleicht gelang es mir, die beiden gegeneinander auszuspielen. Gespannt sah ich zu, wie Blabber mein Häufchen Quittungen durchblätterte. Auf einmal beugte er sich zu mir hinab und hielt mir, eingeklemmt zwischen Daumen und Zeigefinger, tatsächlich einen Minisender unter die Nase. Ich war darüber mindestens ebenso überrascht wie er und Bronski. Leider hatte ich Grund zu der Annahme, dass die beiden mir das nicht abkaufen würden.

Einige Erinnerungen der letzten Tage tauchten in mir auf. Le Meur und ich im Imbiss, seine Frage, ob ich immer noch jede Quittung aufheben würde, und sein sardonisches Lächeln, als ich bejahte. Davor unser Besuch bei Maschine, der begeistert von seinem neuen Sender erzählte, Jelzins Frage, ob ich ihm Geld wechseln könne, wie er mir das Portemonnaie aus der Hand schlug, die herausgefallenen Quittungen aufsammelte und mir zurückgab. Bei dieser Gelegenheit hatte er mir also die Wanze untergejubelt. Aber warum erschien der Franzose nicht endlich auf der Bildfläche und machte dieser, für mich so unerfreulichen Szene ein Ende?

Ich lauschte angestrengt, aber das Motorengeräusch von Le Meurs Flitzer war nirgends zu hören. Dafür vernahm ich plötzlich ein Summen, das mir zwar irgendwie bekannt vorkam, ich aber zunächst nicht einordnen konnte. Vielleicht hatte ich mir bei meinem Sturz in die Pfütze eine Gehirnerschütterung eingefangen, deren Folgen sich jetzt bemerkbar machten. Jedenfalls war ich zunächst nicht fähig, zu unterscheiden, ob mir meine Sinne einen Streich spielten oder das, was sich vor meinen Augen ereignete, real war.

Mein Gesichtsfeld verengte sich plötzlich, und meine Augen fingen an zu tränen.

Es hatte aufgehört zu regnen und vom Rhein her zogen Nebelschwaden herbei.

Die Szene, die sich nun vor meinen Augen abspielte, sah ich wie durch einen Schleier, was für mich die Unwirklichkeit noch unterstrich.

Das mir bekannte Summen stammte von dem Elektromotor eines Rollstuhls, auf dem mein alter Freund Maschine saß. Er lenkte sein Gefährt bis auf wenige Meter an uns heran und setzte sich in Position. Der Cyborg trug eine Fahrradregenjacke, unter der er jetzt einen dünnen länglichen Gegenstand hervorholte und an die Lippen setzte. Es gab ein pfeifendes Geräusch, und Bronskis Hand zuckte reflexartig nach oben, blieb aber auf halbem Weg in der Luft wie mit unsichtbaren Nägeln fixiert zunächst hängen und sackte dann kraftlos hinab. Keine Sekunde später schlug der Körper des Schlägers hart auf dem Boden auf.

Blabber und ich starrten fassungslos auf den kleinen Pfeil, der aus Bronskis Adamsapfel ragte. *Curare*, schoss es mir durch den Kopf.

Inzwischen hatte Blabber sich gefangen und wühlte in seiner Manteltasche. Er schaffte es gerade, die Pistole halb herauszuziehen, bis Maschine das Blasrohr erneut angesetzt hatte.

Der zweite Pfeil drang seitlich in Blabbers Hals und das Gift entfaltete augenblicklich seine tödliche Wirkung. Der Marktleiter klatschte dicht neben Bronski auf die Erde, einen ungläubigen Ausdruck in den Augen. Maschine fuhr neben mich und reichte mir seinen steifen Arm.

„Zieh dich hoch. Wir sollten zusehen, das wir hier verschwinden."

Während ich mühsam auf seinen Schoß kletterte, sah ich, wie Maschine einen Zettel auf jede Leiche herabfallen ließ.

„Was steht da drauf?", wollte ich wissen.

Der Cyborg reichte mir einen dritten Zettel. „Hier, hab' noch einen übrig."

Ich nahm das Papier und las es mehrmals durch, konnte mir aber keinen Reim darauf machen. *Save the rainforest*, stand da in krakeligen Druckbuchstaben.

„Was soll das heißen, rettet den Regenwald?"

„Falsche Spur für die Bullen", erwiderte Maschine knapp.

Ich gab ihm den Zettel wortlos zurück.

Wir rollten die Straße entlang und entfernten uns langsam vom Tatort. Ich bezweifelte, dass Maschines falsche Spur den von ihm beabsichtigten Zweck erfüllen würde. Zumindest Le Meur würde sofort wissen, was los war.

Trotz der nach wie vor irrsinnigen Schmerzen verzogen sich meine Mundwinkel zu einem flüchtigen Lächeln. Jelzin wäre der Letzte, der Maschine hochnehmen würde.

„Wo steckt der Franzose eigentlich?", fragte ich.

„Hat einen Unfall gebaut, auf der Biebricher Allee. Zum Glück nichts Schlimmes. Ich habe es im Polizeifunk gehört. War heute mein erster Tag, an dem es mir etwas besser ging. Ich spielte an meinem Computer herum um zu prüfen, ob die Wanze, die wir dir untergejubelt hatten, funktionierte. Du kannst dir vielleicht denken, dass ich nicht schlecht gestaunt habe, als ich deiner Unterhaltung mit den beiden Kerlen hier lauschte. Ich habe Le Meur dann auf dem Handy angerufen. Er war völlig außer sich. Sagte, er habe einen Anruf von einer

Fotografin aus Taunusstein bekommen, bei der du heute gewesen seist. Ich denke, du weißt, von wem ich spreche."

Ich nickte nur.

„Sie hat Le Meur von deinem geplanten Treffen mit Blabber erzählt. Klang sehr besorgt, diese Frau Beck. Trotzdem hat sie wohl schwer mit sich gerungen, ob sie unseren Freund hinter deinem Rücken informieren soll. Deshalb ist es reichlich spät geworden. Der Franzose fetzt also in seinem Sportwagen die Biebricher Allee hoch. Dabei ignoriert er eine rote Ampel und baut prompt einen Totalschaden. Wie durch ein Wunder wurde niemand verletzt. Nur gut, dass wir dich verwanzt haben."

Ich konnte nicht umhin, ihm innerlich zuzustimmen.

„Jelzin war bereit, dich zu verkabeln, als er bei dir angerufen und gehört hat, dass diese Verkäuferin in deiner Wohnung war. Du darfst ihm das nicht übel nehmen. Für ihn gehörte sie zu diesem Zeitpunkt ja noch zum engen Kreis der Verdächtigen. Na, und mir war sowieso schon sehr früh klar, dass es besser ist, dich nicht unbeaufsichtigt auf die Straße zu lassen. Dumm nur, dass außer mir niemand verfügbar war, um dich zu retten. Also schnappte ich mir das Blasrohr, präparierte ein paar Pfeile mit Curare und zog los. Den Rest kennst du ja."

Maschine machte eine Pause und ich hatte Zeit, nachzudenken. Seine Bemerkung, dass man mich nicht allein auf die Straße lassen könne, hatte mich schwer getroffen. Und obwohl ich der Wanze mein Leben verdankte, war ich nicht gerade glücklich über die Tatsache, ungefragt überwacht worden zu sein. Allerdings war jetzt gewiss der falsche Moment, sich darüber zu beschweren.

Was mich ein wenig entschädigte, war das Wissen darum, dass ausgerechnet seine übertriebene Fürsorge Jelzin zu solcher Eile angetrieben hatte, dass er am Ende durch einen selbstverschuldeten Unfall verhindert war, mir beizustehen. Meine Genugtuung darüber konnten weder der Umstand, dass ich beinahe ums Leben gekommen wäre, noch die schier unerträglichen Schmerzen in meinem Knie schmälern. Sollte mal jemand sagen, ich würde mir meinen Stolz nichts kosten lassen.

„Auguste hat mir erzählt", ergänzte Maschine seine Ausführungen, „dass irgendein eifriger Ermittler in der Nacht sogar eine Fahndung nach dir ausgeschrieben hat. Aber Le Meur hat das sofort wieder rückgängig gemacht, nachdem der Aufruf einmal im Radio gesendet worden war. Hat dem Franzosen sicher eine Menge Ärger eingebracht. Blabber hatte anscheinend zufällig diesen einzigen Fahndungsaufruf im Radio gehört und mir das bei unserem Telefonat prompt unter die Nase gerieben. Aber das blieb nicht die einzige Überraschung für mich.

„Jelzin hat sich übrigens gleich gedacht, dass du es gewesen bist, der ihn gestern Abend wegen der Frauenleiche angerufen hat. Er wollte dich unbedingt sprechen, bevor du offiziell vorgeladen wurdest, und hat extra eine Streife losgeschickt, die dich abholen sollte. Du warst aber offensichtlich nicht zu Hause."

Ich schwieg betreten. Die Polizei hatte mich also gar nicht als Mordverdächtigen verhaften wollen. Meine Flucht nach Taunusstein und vor Jelzin war völlig umsonst gewesen. Das ganze Theater heute Abend hätte ich mir glatt sparen können! Ein wenig mehr Zutrauen und Offenheit gegenüber Le Meur, und ich hätte mir nicht wie ein unter Mordverdacht stehender Einzelkämpfer vorkommen müssen, der allein in der Lage ist, den wahren Mörder zur Strecke zu bringen. Plötzlich begann ich, am ganzen Körper zu zittern.

„Wir haben es gleich geschafft", versuchte Maschine mich zu beruhigen. „Nur noch ein paar Meter."

Vom gleichmäßigen Summen des Elektromotors begleitet, rollten wir das letzte Stück Straße entlang. Für einen zufälligen Beobachter mussten wir ein seltsames Paar abgeben. Maschine und ich, zusammengedrängt auf einem Rollstuhl, der sich im Abendnebel langsam vorwärtsbewegte.

Ich hatte einigen Menschen viel zu erklären und spürte, dass es besser war, das meiste für mich zu behalten. Genauso hatte ich auch einige Fragen, von denen ich wusste, dass es

167

besser war, sie nicht zu stellen. Zum Beispiel, ob Maschine Bronski wiedererkannt hatte und ob er wusste, dass er sich an seinem Peiniger von früher gerächt hatte.

Die Welt schien mir mit einem Mal unheimlich kompliziert geworden zu sein. Die Superhelden meiner Kindheit waren längst tot oder hatten nie existiert, und ich war alles andere als ein souveräner Privatdetektiv vom Schlage eines Philipp Marlowe. Im Gegenteil. Heute Abend musste sich der Möchtegern-Marlowe von einem Krüppel abtransportieren lassen, dem er sein Leben verdankte, und dessen Leben er vor Jahren zerstört hatte. Es wurde Zeit, dass ich aufhörte zu träumen und die Realität zu Kenntnis nahm. Es wurde Zeit für mich, endlich erwachsen zu werden und Verantwortung zu übernehmen. Als mir klar wurde, welche Konsequenz das haben musste, war ich nahe daran, ohnmächtig zu werden. Denn es bedeutete, Maschine, nein Henning, eines Tages erzählen zu müssen, wie ich ihn im Stich gelassen hatte. Wie sollte ich dazu jemals fähig sein? Andererseits würde ich dazu in der Lage sein müssen, denn sonst würden mich die Schuldgefühle
von innen her auffressen.

Bevor ich nun doch ohnmächtig wurde, hörte ich Hennings Stimme dicht an meinem Ohr flüstern.

„Halte durch Tim, es wird alles gut."

ENDE

Danksagung

Zuallererst möchte ich meiner Familie für ihr Verständnis und ihre Unterstützung danken. Alle Mitglieder ertragen meine während des Schreibprozesses zutage tretende Marotten mit bewundernswerter Geduld.

Danken möchte ich auch allen Freunden, Nachbarn und Bekannten, die an meine Fähigkeit als Autor geglaubt und mich ermutigt haben, diesen Roman zu schreiben.

Dank sagen will ich darüber hinaus jenen Menschen, die an der Erstellung dieses Buches auf irgendeine Weise beteiligt waren, mir aber trotzdem unbekannt geblieben sind.

Schließlich bedanke ich mich ganz herzlich bei allen Lesern. Ich freue mich über jeden einzelnen von euch!

Jürgen Edelmayer

Der Autor

Jürgen Edelmayer, geboren 1958 in Wiesbaden, lebt heute mit seiner Familie in einem kleinen Ort im Hintertaunus. Der gelernte Buchhändler veröffentlichte seine erste Kurzgeschichte im Jahre 1993 und arbeitet seit 2013 als freier Schriftsteller. *KnieFall* ist der erste Band der Trilogie mit dem Privaterermittler Tim Strecker. *VermisstenFall* und *TodesFall* lauten die anderen Titel.